我去你留两秋天
正冈子规俳句 400

[日] 正冈子规 —— 著　陈黎　张芬龄 —— 译

北京联合出版公司
Beijing United Publishing Co., Ltd.

雅众文化 出品

译者序

小庭天地宽,六尺病床巨墨滴
——文学"小巨人"正冈子规

一、"俳句"命名者正冈子规

"俳句"可说是日本 5—7—5—7—7、三十一音节"短歌"(tanka)前面十七音节(5—7—5)独立出的诗型,又因它是"连歌"(renga)或"俳谐连歌"(haikai renga)的首句,所以称之为"发句"(hokku)。江户时代,"俳圣"芭蕉(1644—1694)将之提升为具有丰厚洞察力与精神内涵、可以从俳谐连歌[江户时代称"连句"(rengu)]抽离出的自身具足的艺术形式。此一时期每以"俳谐"(haikai)泛指发句、连句或俳文(haibun)等创作。到了1890年代(明治二十年代),正冈子规(1867—1902)以"俳谐之句"(俳諧の句:haikai no ku)的简称"俳句"(haiku)命名独立出来的"发

句",俳句就成为世人所知、所爱——不独属于日本,也属于全世界——的文学类型了。正冈子规在 1894 年 3 月 9 日发表于报刊《小日本》上的一篇文章《雏之俳句》(雛の俳句)中,用"俳句"一词指称我们现在所理解的单一诗人所写、非附属于"连句"的此独立诗型。单就为"俳句"定名且流播世界一事,正冈子规就足以在日本或世界诗歌史上占有一席之地。

一生只活了三十四年又十一个月的正冈子规,是明治时代的文学巨人,俳句、短歌、新体诗、汉诗、小说、评论、随笔兼擅。正冈子规是日本近代俳句与短歌的重要改革者,对日本现代诗歌的进展有巨大的贡献。他的俳句、短歌一反传统写法,认为诗人应该因应时代所需,以简洁、当代的语言如实反映事物,让传统形式获得新生命。以短歌为例,大量创作俳句之余,他一生写了逾二千四百首短歌,推崇真挚质朴的《万叶集》,贬抑优雅柔和的《古今和歌集》,提倡基于万叶风的"写生"主义。在子规 1898 年发表《与歌人书》(歌よみに与ふる書)系列歌论,以此论点着手短歌革新运动前,他已在所推动的俳句革新运动中,写了《俳谐大要》《俳人芜村》等俳论,彰显与谢芜村(1716—1787)的"绘画式俳句",确立了子规自

己参考西洋美术写生理论而成的"俳句写生主义"。子规一生所写俳句数量，或说一万八千多首，或说二万三千多首（讲谈社 1975 年版《子规全集》）。搜寻子规家乡松山市立"子规纪念博物馆"中的子规俳句检索库，我们可以找到二万五千多首子规的俳句——里头有些俳句只有一两字之差，可视为同首俳句的异体。日本诗歌史上，像正冈子规这样跨俳句、短歌两大日本传统诗歌类型，左右开弓、质量均丰的巨匠，是绝无仅有的。江户时代（1603—1867）的松尾芭蕉、与谢芜村、小林一茶（1763—1827）是举世公认最伟大的三位日本俳句诗人。"三圣"之后，排名第四的，就是明治时代（1868—1912）的正冈子规了。

*

正冈子规本名正冈常规，1867 年（庆应三年）10 月 17 日生于今爱媛县松山市花园町，幼名处之助（ところのすけ）、升（のぼる），是家中长男。父亲正冈常尚，于子规六岁时过世。母亲八重（本姓大原）小父亲十二岁。子规七岁时在外祖父汉学家大原观山的私塾修习汉文，并进入寺子屋（私学馆）式的小学"末广学校"。1875 年（明治八年）1 月转入新开办的胜山学校，4 月外祖父去世，改随土屋久明习汉学。1878 年（明治十一年）夏，

土屋久明导引十二岁的子规入汉诗之门，子规有一首绝句《闻子规》（"一声孤月下，啼血不堪闻，半夜空欹枕，故乡万里云"）即写于此际，是目前所见其最早的汉诗。翌年12月自胜山学校毕业，于1880年（明治十三年）3月入松山中学校，得到汉学家河东安静溪（子规后来的弟子河东碧梧桐之父）的指导。此阶段的子规持续写诗、为文，并与同好集稿成册传览交流，受自由民权运动演说影响，逐渐关心政治，期盼能去东京游学。1883年（明治十六年）5月，子规从松山中学校退学。6月，获在东京的叔父加藤拓川同意，启程前往东京，先入须田学舍，10月时入共立学校（现开成中学校·高等学校）。不甘当池中鱼，离开松山游向大都会、大时代的子规，当时有一汉诗颇能明其志："松山中学只虚名，地少良师从孰听，言道何须讲章句，染人不敢若丹青。唤牛呼马世应毁，今是昨非吾独醒，忽悟天真存万象，起披蛛网救蜻蜓。"

　　1884年（明治十七年）9月，18岁的正冈子规考上"东京大学预备门"，同级生包括日后著名的作家夏目漱石（1867—1916）、国学家芳贺矢一（1867—1927）等。1885年7月，子规暑假回松山探亲，经小他一岁的秋山真之（后为海军中将）介绍，随歌人井手真棹习短歌，也开始俳句的创作。

1886年,东京大学预备门改称"第一高等中学校",此后两三年子规颇热衷于棒球运动。1887年暑假子规回松山,拜访俳人大原其戎(1812—1889),请其指点自己所作俳句,8月大原其戎在其所编俳志《真砂志良边》上刊出子规作品"穿过野地虫鸣声/我踏出/一条小路"(虫の音を踏み分け行くや野の小道),这是子规第一首铅印发表的俳句。1888年7月子规从第一高等中学校预科毕业,暑假期间寄宿于向岛长命寺境内的樱饼屋"山本屋"(子规名之为"月香楼"),写作以秋之七草为名,包含"兰之卷"(汉文)、"萩之卷"(汉诗)、"女郎花之卷"(短歌)、"芒之卷"(俳句)、"薜之卷"(谣曲)、"葛之卷"(地志)、"瞿麦之卷"(小说)等七卷作品的《七草集》。8月,与友人们出游镰仓江之岛,途中初次咯血。9月入第一高等中学校本科,从月香楼搬进常盘会寄宿舍。1889年1月,因为对单口相声"落语"同感兴趣,23岁的子规与夏目漱石开始交往,由此缔结了两人间终生的友情。2月,子规读到叔父加藤拓川之友陆羯南(1857—1907)新创办的报纸《日本》。5月9日晚,子规突然咯血,持续一周,当晚他写了四五十首以"时鸟"(即布谷鸟、杜鹃鸟或子规)为题的俳句,并以"杜鹃啼血"之典取"子规"为号。12月,与

朋友们成立了"棒球会",在上野公园的空地打了两次棒球。

1890年(明治二十三年)4月,24岁的子规为河东碧梧桐(1873—1937)修改俳句,开始与其书信往来,并劝其到东京来。7月,子规从第一高等中学校本科毕业,9月入东京大学哲学系就读。1891年2月,子规转入国文系,3月底到4月初出游房总半岛,写成游记《隐蓑》(かくれみの)。5月时通过碧梧桐认识其同学高滨虚子(1874—1959),开始和其通信——碧梧桐与虚子后来成为子规门下双璧,也是其一生挚友。6月,子规回松山省亲。12月,从常盘会搬到驹込追分町住,着手写作小说《月之都》,想要成为小说家。1892年2月,子规带着《月之都》完稿拜访小说家幸田露伴(1867—1947),请其指教,但未获好评,从此断了写小说之念。月底,经陆羯南介绍,子规搬至下谷区上根岸町88号租住,在羯南家西侧。5月,纪行文《浮桥记》(かけはしの记)在羯南的报纸《日本》上连载。6月26日,子规在《日本》上开始连载《獭祭书屋俳话》(共38回,至10月20日),致力于俳句革新。子规在东京大学学期考试不及格后放弃补考,决意退学。7月,子规回松山省亲,夏目漱石也到松山一游。11月,子规将

母亲八重与妹妹正冈律接到东京，一家三口同住。12月，子规进入《日本》新闻社工作。

1893年（明治二十六年）2月，27岁的子规在报纸《日本》"文苑"版上辟俳句栏，推广俳句。3月，从东京大学正式退学。7月19日，子规出发前往奥羽地区（日本东北地区）旅行，前后一个月，遍访各地俳谐宗匠，于8月20日回到东京。这一年恰为芭蕉二百年忌（逝世满199年忌），此行可视为子规踵继芭蕉《奥之细道》行脚的诗歌朝圣之旅。11月13日，子规开始在《日本》上发表其《芭蕉杂谈》（共25回，至翌年1月22日）及奥羽纪行文《莫知其终之记》（はて知らずの記）。此年子规写了四千多首俳句，是生命中产量最多的一年，有许多是旅途上即兴、写景之作，子规谦称"滥作"，有些的确是。子规提倡"写生"，但也明白要有所选择，且化"景"为"境"，才能成佳句。

1894年（明治二十七年）2月，子规一家搬到羯南家东侧的上根岸町82号——此屋即至今犹在的"子规庵"。2月11日，报社另外发行了家庭取向的报纸《小日本》，由子规负责编辑。创刊号上推出了子规小说《月之都》连载。2月23日，子规以"竹里人"笔名发表短歌。4月15日，在子规庵举行了有四人与会的俳句会。7月，《小日

本》因经济理由废刊,子规回任报纸《日本》编辑,在报上发表《上野纪行》一作。

1895年(明治二十八年)4月,子规以记者身份在海外采访了当军医的小说家森鸥外(1862—1922),此为这两位日本近现代文学重要人物首次会面。5月,正冈子规在回国的船上咯血,病况严重,5月23日入神户医院,子规母亲及河东碧梧桐、高滨虚子都赶来照料,经两个月治疗,于7月23日转至须磨疗养院继续疗治,后于8月20日出院回家乡松山疗养。夏目漱石当时任教于松山中学校,子规借住其寓所"愚陀佛书斋"一楼,从8月27日至10月17日共五十二日。当地俳社"松风会"会员频频至子规处请益,举行诗会,漱石后来也加入。10月辞别漱石回东京之际,子规写下名作"我去,／你留——／两个秋天"(行く我にとどまる汝に秋二つ)。10月19日,子规于松山三津滨登船,经广岛、须磨、大阪、奈良等地,在奈良时顺路参访了东大寺周边、药师寺、法隆寺等处,写下另一首名句"柿子／入我口,钟鸣／法隆寺……"(柿食へば鐘が鳴るなり法隆寺),于10月31日回到东京。他滞留松山期间所写,系统论述俳句写作与美的标准、不时强调"写生"(写实)之必要的《俳谐大要》,从10日22日至12月31日,

分27回刊载于报纸《日本》上。此年诚然是子规生命中剧烈变动的一年。

1896年（明治二十九年）1月3日，30岁的子规在"子规庵"举行新年俳句会，森鸥外与夏目漱石都参加了，据说是两位小说巨匠首次会面。31日，森鸥外主编的文艺杂志《目不醉草》（めさまし草）创刊，此后成为在报纸《日本》上力倡写实主义的子规所领军的"日本派"俳人们发表作品之园地。2月，子规左腰肿胀，剧烈疼痛。3月时诊断为因结核菌引发的脊椎骨疽，并动了手术。此疾使他此后（生命最末）七年，行走困难，卧床日多，但病榻上的他仍创作不懈。随笔集《松萝玉液》于4月至12月间在报纸《日本》上连载，7月19日、23日、24日三天之文都在介绍棒球。《俳句问答》于5月至9月间在《日本》上连载，子规严厉批判了由俳谐宗匠所主宰，拘泥于老套规则、每月例会的"月并俳句"的陈腐与僵硬，提倡植根于现实、从生活取材的新俳句。9月5日，子规搭人力车外出，和与谢野铁干（1873—1935）等新体诗（新诗、现代诗）诗人聚会。子规倡导的"新俳句"在这一年逐渐获更多人认同。

1897年（明治三十年）1月15日，由松山俳社"松风会"会员柳原极堂筹划，正冈子规作为

精神领袖的俳句杂志《杜鹃》(ほととぎす)在松山创刊、发行,杂志名称取自子规(杜鹃)之名,由子规、高滨虚子、河东碧梧桐等人负责选稿。3月与4月,子规又做了两次腰部手术。他非常重要的评论文字《俳人芜村》于4月13日起,分19回在报纸《日本》上连载,至12月29日。此文以独特、大胆的观点,扬与谢芜村而抑俳圣芭蕉,让芜村在去世110年后一跃而为日本俳句史上的大师。4月20日,子规病情恶化,医生暂禁其讲话。6月,叔父加藤拓川出钱雇请红十字会护士帮忙看护约一个月。9月,医生在子规臀部穿刺两个洞,脓始流出。12月24日,子规在子规庵举行第一回"芜村忌"俳句会,与会者有二十人。

1898年(明治三十一年)1月,子规在子规庵开办《芜村句集》轮讲会,此后每月一次。2月12日,开始在《日本》上连载《与歌人书》(10回,至3月4日),着手其短歌革新运动。3月,子规与俳友们初次在子规庵举行短歌会。7月13日,子规自书墓志铭,寄给河东碧梧桐之兄河东可全保存。10月,俳志《杜鹃》移至东京发行,由高滨虚子接任主编,子规在新《杜鹃》第一号上发表了《古池之句辩》及一篇描写子规庵小庭园的散文《小园之记》。子规的妹妹律和俳友们为了宽慰病榻上的

子规，在小庭园里种植了各色草木：竹、松、米槠、萩花、芒草、鸡冠花、桔梗、牵牛花、秋海棠、紫茉莉、雁来红、百日草等。子规为这些草木都写了俳句，《小园之记》里还绘了一张图标出它们的位置（子规喜欢的蔷薇和象征子规庵的丝瓜，此时尚未种）。小园草木给病中子规及其创作带来极大的动力，它们是"病床六尺"上的子规生命的小宇宙："小园是我的天地，花草是我唯一的诗料"（小園は余が天地にして草花は余が唯一の詩料となりぬ）。文末他附了一首俳句——"我家小庭园／花花草草／杂乱植……"（ごてごてと草花植し小庭）——此园诚然乱中有序、乱中有力，乱中给受病痛之苦的子规安定感与生命力。

1899年（明治三十二年）1月，子规先前连载的《俳谐大要》由《杜鹃》杂志社结集出版，印数3000册。3月起又在子规庵定期举行短歌会。5月，子规病情再次恶化。10月，高滨虚子在子规病室装了一个煤油暖炉。秋天时，子规用画家朋友中村不折（1866—1943）送他的水彩绘具画了一幅秋海棠。11月，于子规庵开办文章会，指导"写生文"写作。12月，高滨虚子请人把子规病室与庭院间的纸拉门改成透明的玻璃拉门。《俳人芜村》亦结集刊行，12月12日在子规庵举行的"芜村忌"

俳句会，有46人参加。

1900年（明治三十三年）1月下旬，子规在报纸《日本》上连载文论《叙事文》（共3回），提倡"写生文"。4月15日，在子规庵开办《万叶集》轮讲会。16日，子规门生香取秀真（1874—1954）带来其所塑子规石膏像。8月时，子规大量咯血。8月26日，准备去伦敦留学的夏目漱石前来道别。9月，在子规庵举行第一回"山会"（写生文之会）。10月，与子规诗观有别，推崇浪漫主义、创立"东京新诗社"的"明星派"领袖与谢野铁干来访。11月，子规专心静养，暂停句会、歌会。12月23日再次举行"芜村忌"俳句会，有38人参加。

1901年（明治三十四年）1月26日，子规在《日本》上连载其随笔《墨汁一滴》（共164回，至7月2日）。6月，请人在小庭园中搭建丝瓜棚，据说丝瓜藤中的汁液可取为帮助病人止咳化痰的"丝瓜水"。9月2日，开始写作日记体随笔集《仰卧漫录》。10月13日，母亲与妹妹外出，子规兴自杀之念，不断哀号哭泣，在《仰卧漫录》里画了小刀和小锥子。11月6日晚上，子规给在伦敦的夏目漱石写信，信中说："我已成废人矣。每日无缘由地号泣，不再给报刊杂志写稿，书信全然停止。久疏问候，今夜突思修一特别之书函予君。你的

来信非常有趣，是近日我心头唯一喜悦。你深知我早想出去见识西洋世界，但病人如我，遗憾只能读你信，聊替亲临西洋，亦快意也。得便，能再给我一信吗，趁我两眼犹明未闭？诚无理之求啊……"（僕はもうダメになってしまった。毎日訳もなく号泣しているような次第だ。だから新聞雑誌などにも少しも書かない。手紙は一切廃止。それだからご無沙汰して済まぬ。今夜はふと思いついて特別に手紙を書く。いつかよこしてくれた君の手紙が非常に面白かった。近来僕をよろこばせたものの随一だ。僕が昔から西洋を見たがっていたのは君も知っているだろう。それが病人になってしまったのだから残念でたまらないのだが、君の手紙を見て西洋へいったような気になって愉快でたまらぬ。もし書けるのなら僕の眼の開いているうちに今一便よこしてくれぬか。無理な注文だが……）这是子规写给漱石的最后一封信。

1902年（明治三十五年），36岁的子规生命最后一年。1月中，病情急剧恶化，连续使用麻醉剂（吗啡）止痛。3月10日，恢复写作先前中断的《仰卧漫录》。3月末，香取秀真、高滨虚子、河东碧梧桐等弟子轮流于夜间陪伴、看护。5月5日，随笔集《病床六尺》开始在报纸《日本》上连载（共

127回,至9月17日——死前两日)。6月,以水彩绘成《果物帖》十八图。8月、9月间续成《草花帖》十七图、《玩具帖》四图。9月10日,子规在枕边进行其最后的《芜村句集》轮讲会。9月14日,口述《九月十四日晨》一文由高滨虚子笔录。9月18日近中午时,在妹妹律与河东碧梧桐协助下,提笔写下《丝瓜诗》三首——

丝瓜花已开,/痰塞肺中/我成佛去矣
(絲瓜咲て痰のつまりし佛かな)

痰一斗——/丝瓜水/也难清
(痰一斗絲瓜の水も間にあはず)

前日圆月/丝瓜水/亦未取
(をととひのへちまの水も取らざりき)

　　写完此绝笔俳句后,子规终日陷于昏睡中,终于9月19日午前一时左右去世。9月21日举行葬礼,葬于东京北区田端的大龙寺,送行者一百五十多人。

二、子规的"新"俳风

起始于1867年，打破锁国政策、迎向西方的日本"明治维新"运动，在政治、经济、教育上推动了一系列重大变革，对日本人生活的各个层面都有深远影响。俳句作者在西化与传统价值之间摆荡，寻求新的方向。有些俳人续守过往的写作方针，有些则另辟蹊径，包括舍弃沿用了数百年的5—7—5诗型。

1867年正是正冈子规出生之年，第二年即为明治元年。此时正值日本文学式微的低谷期，各类文学创作质量不断滑落，虽然一般读者对此厄境未必有所感。半个世纪前活跃文坛的诸多小说家只剩五六位还继续写作，内容多半是老旧题材反复套用，缺乏新意。诗歌在表面上看似逐日茁壮，许多人自命为"俳谐宗匠"，以替弟子修改诗作或以传授芭蕉风的创作秘诀维生。这类的师徒写出的俳句数量众多，却无任何可观者。

此一惨淡的诗歌境况直至正冈子规出，方获拯救。子规的诗和诗论最先只在四国岛港市松山流传，不久就遍及全国，蔚为风潮。松山居然成了文学改革的发源地！子规坦言松山虽非毫无文化之地，在文学上却不具任何重要性。当地俳人、歌

人对少年子规在诗歌创作上或有启蒙之功，但当子规投身于诗歌革新之途时，他们所传授的几乎完全派不上用场。

子规"俳句革新"之功首要有二。其一，他坚认俳句是文学的一类，既非类似"川柳"（senryū）之类搞笑居多的打油诗，也非像许多未曾明乎此的俳谐宗匠所想的，仅将俳句视作某种有助实现神道教德行或佛教顿悟之具。子规在1889年所写的《诗歌的起源与变迁》一文中，即认为俳句虽短，但意涵丰富，意指俳句的价值不输篇幅较大的小说等，实应以文学视之。在1895年所写《俳谐大要》第一节"俳句的标准"中，子规明确地说："俳句是文学的一部分。文学是美术的一部分。故美的标准即文学的标准，文学的标准即俳句的标准。亦即，绘画、雕刻、音乐、戏剧、诗歌、小说，皆应以同一标准论评之。"（俳句は文学の一部なり。文学は美術の一部なり。故に美の標準は文学の標準なり。文学の標準は俳句の標準なり。即ち絵画も彫刻も音楽も演劇も詩歌小説も皆同一の標準を以て論評し得べし。）子规此一信念，促使俳句在逐渐迈向二十世纪、文化标准动荡未定的那个时代里得以占有一重要位置。

其二，他提出植根于现实的"俳句写生主义"

之说。他深觉被俳谐宗匠所主宰的传统俳坛已奄奄一息,活力尽失,俳句如果要新生,要存活下去,必须扫除掉那些老派老调、拘泥于太多无谓规则与限制的俳谐宗匠套式,另寻新的方向。写生或说写实主义法,虽非彻底革命性的写作方式,起码能让俳句挣脱旧有的束缚,获得某些自由。就某种意义而言,子规对"写生"的强调是一种阶段性的手段,为使俳句写作不再局限于以老套方式处理老套主题(固定的名胜、事件、意象、季题……),或者沦为以诗仿诗、据诗写诗的智力游戏。"写生"如是让周遭无数的自然或人事现象皆可以成为诗的题材,为气数将绝的俳句注入了新的生命力。

说子规对"写生"的强调是一种"阶段性"手段,是因为子规明白徒有"写生"有时会失之简浅而有所不足。子规一生所写诗论、诗话甚多,不同时期观点颇有变化或看似矛盾处,但实为一日趋圆熟的创作者一心之多面。为了修正"简单写生"或略嫌粗糙的直描、白描可能之弊,子规另提出"选择性的写生主义"之观点,让自己或其门生在"写生"功力已备的基础上,适当融入个人的美学趣味或想象。"写生"虽伴子规一生,但他未曾让其扼杀自己不时迸出的奇想。主观的印象与客观的写实虽然有别,但真正的艺术家应知如何巧妙融合两

者，忠于自己的意愿和理想。子规说："太写实的诗容易变得平凡，缺乏新奇……诗人如太执着于写实主义，会将其心困于眼睛所见的微小世界，而忘了遍布于广袤时空中的珍奇、鲜活诗材。"他进一步提出一种"内在的写生主义"，以个人"内在的现实"为写生、观察对象，描绘诗人的自我——写生之"生"此际已转为指内在的"生命力"——那使人类生生不息的无形动力。他以"诚"（まこと，makoto，真诚、真实、信实）这个字指称此法。

在1899年所写，评论前辈歌人橘曙览（1812—1868）之作的《曙览之歌》一文中，子规说："'诚'是曙览歌作的本质，也是《万叶集》歌作的本质。是《万叶集》歌作的本质，也是所有和歌的本质。我所谓的'据实描写'就是'诚'而已。"（「誠」の一字は曙覽の本領にして、やがて『万葉』の本領なり。『万葉』の本領にして、やがて和歌の本領なり。我謂いうところの「ありのままに写す」とはすなわち「誠」にほかならず。）在1897年发表的《俳句废纸篓》（俳諧反故籠）中，他早已说："俳句表达诗人的'真诚'感受，即便在创作过程中他试着将之变形，在诗中某处此'真诚'感受明白在焉。"到了晚年他更简要、确信地指明此变化："起初我客观写生。后来我变得喜欢客观写人性。"

斯坦福大学日本文学教授上田真（Ueda Makoto）说子规死得太早，老天倘假其以更多时日，他当更充分、更深刻地发展其本于"诚"的"人性写生"理论。好在实例有时比理论更雄辩。他说，子规生前所作最佳诗句，无疑多是"真诚"与"写生"等重之句。

*

下面我们欣赏几首子规各阶段"写生"佳句：

野地里的／绿，被捣制成／草味年糕
（野のみとり搗込にけり草の餅：1888）

紫阳花开——／坍塌的墙上／飞雨猛击
（紫陽花や壁のくづれをしぶく雨：1891）

夏月流银——／打烊后的鱼市场／鱼鳞四散
（鱗ちる雑魚場のあとや夏の月：1892）

熟睡于石上之蝶啊／你梦见的是／我这个薄命人吗？
（石に寝る蝶薄命の我を夢むらん：1893）

木屐／送别草鞋客，雪上／留足印
（雪の跡木履草鞋の別れかな：1893）

两脚踏出／禅寺门，千万星光／在头顶
（禪寺の門を出づれば星月夜：1894）

筑波秋空／无云——红蜻蜓／浪来浪去

（赤蜻蛉筑波に雲もなかりけり：1894）

看，／孔雀在／春风中开屏展现尾羽……

（春風に尾をひろげたる孔雀哉：1895）

回头看——／擦身而过的那人／已隐入雾中

（かへり見れば行きあひし人の霞みけり：1895）

红梅艳放——／被藏在深闺的少女，／发情的雌猫

（紅梅や秘蔵の娘猫の恋：1895）

熏风拂我裸体／——唯一的／遮蔽物：松影

（薫風や裸の上に松の影：1895）

夏日绿风／吹书案，／白纸尽飞散

（夏嵐机上の白紙飛び尽す：1896）

早晨的秋天／细云／流动如白沙

（砂の如き雲流れ行く朝の秋：1896）

遇见有人／抬棺——大年初一／夜半时分

（新年の棺に逢ひぬ夜中頃：1897）

北风呼呼——／叫着要／锅烧面呢

（北風に鍋燒温飩呼びかけたり：1897）

此际，牵牛花／把颜色定为——／深蓝

（この頃の葬藍に定まりぬ：1898）

女儿节点灯——／啊，每个偶人／各有其影

（灯ともせば雛に影あり一つづつ：1899）

银屏闪映／漫烂银——盛极／将崩白牡丹

20

（銀屏や崩れんとする白牡丹：1900）

夜半有声——／夕颜果实落／让人惊

（驚クヤ夕顔落チシ夜半ノ音：1901）

忽闻剪刀／剪蔷薇，梅雨季里／天遇晴！

（薔薇を剪る鋏刀の音や五月晴：1902）

1891年的"紫阳花"诗是子规25岁之作，将"生机"（花）与"腐意"（坍塌的墙）以及能生能腐的"雨"同框，是颇具深意的写生句。1892年"夏月流银"句颇有芭蕉轻盈捕捉事物本质、美感的功力。1893年"蝶梦"句，融客观写生、庄子典故与子规内心感受于一炉，甚为感人。1893年"红蜻蜓"句是被选入教科书的大气、大画面名句。1894年的"孔雀"句是设计有成、鲜明耀眼的"选择性写生主义"代表作。1902年死前四个月所写"剪蔷薇"句，非常生动地把"客观的"剪刀声、天晴色与内心跟着响起的爽朗快意剪辑在一起。这类有效融合客观之景与主观之情，虚实相应的诗句，往往更让人玩味。譬如下面两首——

啊，闪电！／脸盆最下面——／野地里的

忘水

（稲妻や盥の底の忘れ水）

新的年历——/五月啊,将是/我的死日
(初暦五月の中に死ぬ日あり)

第一句客观地让我们看到闪电下脸盆水"实"景,而诗人的"灵视"让我们仿佛被闪电电到般,顿悟/洞观脸盆最下面肉眼平日未察的"忘水"——流动于野地,隐秘不为人知的水。第二句写于1899年,卧病的子规预感自己死期将尽,五月是草木茂盛季,面对大地充沛的活力,苟延残喘的病者反而自觉无力与之竞争而萌生死意。但大多数时候,"病床六尺"上的子规面对死亡还是生意、斗志盎然的,不时迸出一些可爱、有趣之句。试举一些他写的人事、佛事、猫事、鸭事、蛙事、鸟事、马事、牛事、蜗牛事、蜻蜓事之句:

哈,六十岁的妇人/也被称作是/"插秧
　姑娘"
(六十のそれも早乙女とこそ申せ)
冬月悬天——/他们跑到屋顶上/看火灾,
　仿佛赏月
(屋根の上に火事見る人や冬の月)
看护妇睡着了,/醒来连忙/打苍蝇……
(看護婦やうたた寝さめて蝿を打つ)

大佛全身凉爽——/啊，它没有/大肠小肠
　纠缠

（大仏に腸のなき涼しさよ）

夜临——/我们家的猫"苎麻"/等着隔壁
　的猫"多麻"呢

（内のチヨマが隣のタマを待つ夜かな）

冬笼——小鸭/已习惯/待在洗脸盆里

（冬籠盥になるる小鴨哉）

五月雨——/青蛙跑到/榻榻米上来

（五月雨や畳に上る青蛙）

布谷鸟啊，/说教的歌声/耳朵听了会
　变脏……

（説教にけがれた耳を時鳥）

午后雷阵雨——/啊，惊动了一整排/马屁股

（夕立や並んでさわぐ馬の尻）

锦缎加身，/庆典中的/牛——流汗了

（錦着て牛の汗かく祭りかな）

蜗牛——/挺着大触角为饵/勾引雨云

（蝸牛や雨雲さそふ角のさき）

运河上，一只蜻蜓/以九十度/端端正正回转

（堀割を四角に返す蜻蛉哉）

天性开朗的子规长期卧病，生命悲苦，但不时

苦中作乐，像自幼坎坷多难的前辈俳人一茶一样，以自嘲的旷达，从简陋中偷窥美，在困窘处以轻（松）举重。很难说两人中谁更苦，谁更超脱：

一年又春天——／啊，愚上／又加愚
（春立や愚の上に又愚にかへる：一茶）
美哉，纸门破洞，／别有洞天／看银河！
（うつくしや障子の穴の天の川：一茶）
米袋虽／空——／樱花开哉！
（米袋空しくなれど桜哉：一茶）
秋日薄暮中／只剩下一面墙／听我发牢骚
（小言いふ相手は壁ぞ秋の暮：一茶）
躺着／像一个"大"字，／凉爽但寂寞啊
（大の字に寝て涼しさよ淋しさよ：一茶）

大年三十愚，／一夜跨年——／元旦，犹愚也！
（大三十日愚なり元日猶愚也：子规）
从纸门／破孔，我看见／雪下了……
（雪ふるよ障子の穴を見てあれば：子规）
有鸡冠花／有丝瓜——寒舍／怎会贫寒?
（鶏頭ヤ絲瓜ヤ庵ハ貧ナラズ：子规）
朴树果实四处散落……／邻家孩子最近却／

不来找我了

（榎の實散る此頃うとし隣の子：子規）

啊，睾丸是个 / 累赘的邪魔，让我 / 热暑不
　　得凉！

（睾丸の邪魔になつたる涼み哉：子規）

子规缠绵病榻，行动不便，不像可以"大"刺刺摊开四肢、五肢，让全身清凉的一茶。病床上日日亲密审视自己身躯的子规，对凉与热的感受——不管是自身还是外在的——似乎比常人敏锐：

凉啊， / 绿油油稻田中 / 一棵松

（涼しさや青田の中に一つ松）

月凉—— / 蛙 / 声沸……

（月涼し蛙の声のわきあがる）

山野像刚被水 / 打湿—— / 凉爽啊，拂晓

（野も山もぬれて涼しき夜明かな）

凉哉， / 透过石灯笼的洞 / 看海

（涼しさや石燈籠の穴も海）

洗完澡后 / 檐下纳凉，让 / 风吹乳头

（湯上りや乳房吹かるる端涼み）

热啊—— / 脱光衣服 / 紧贴墙壁

（裸身の壁にひつゝくあつさ哉）

热啊，一根 / 锄头立在地上 / 四周不见人

（鍬たててあたり人なき熱さ哉）

天啊，天啊 / 天啊—— / 真热啊！

（これはこれはこれはことしの熱さかな）

热毙了！ / 但我只能继续 / 求生

（生きてをらんならんといふもあつい事）

热毙了，困毙了，苦毙了！但他依然继续求生。子规最大的求生法宝可能来自饮食——食欲就是生之欲，他爱吃柿子、爱吃秋茄子、爱吃蜜柑、爱吃苹果、爱吃樱叶饼、草味年糕、栗子饭、冰激凌……爱吃众多东西：

虽然夏日消瘦， / 我还是一个 / 食量大的男人啊

（夏痩せて大めし喰ふ男かな）

你可以告诉大家 / 我吃柿子 / 也爱俳句

（柿喰の俳句好みしと傳ふべし）

寂寞的夜—— / 入住旅馆房间后 / 吃柿子

（宿取りて淋しき宵や柿を喰ふ）

吃完年糕汤 / 新年首次做的梦 / 我全部忘光光

（雑煮くふてよき初夢を忘れけり）

春深满是／蜜柑腐——我就爱／这一味！

（春深く腐りし蜜柑好みけり）

时入小寒——／吃过药后／有蜜柑可吃！

（藥のむあとの蜜柑や寒の内）

牡丹花下／吃苹果——我愿／如是死！

（林檎くふて牡丹の前に死なん哉）

栗子饭——／啊，病人如我／依然食量超大

（栗飯ヤ病人ナガラ大食ヒ）

牙齿用力咬／熟柿——柿汁／弄脏我胡子

（カブリツク熟柿ヤ髯ヲ汚シケリ）

能吃柿子的日子／我想只剩／今年了

（柿くふも今年ばかりと思ひけり）

一匙／冰激凌——全身／活起来！

（一匙のアイスクリムや蘇る）

　　子规生命最后一年所写随笔集《病床六尺》，第一篇第一句就说："病床六尺就是我的世界，而六尺病床对我来说还是太宽了……"（病床六尺、これが我世界である。しかもこの六尺の病床が余には広過ぎるのである……）此话读之令人悲。因病而身躯缩小，而世界缩小，寿命缩小……而他"果敢在死路里寻求一条活路，贪图一点点安乐……"

(僅かに一条の活路を死路の内に求めて少しの安楽を貪る果敢なさ……)。写作就是最让他安而乐之的事了,如同他生命最后的春天中此诗所见——

啊,终日作诗／作画,作／惜爱春光人!
(春惜む一日画をかき詩を作る)

他虽未能顺利在死中寻得活路,但他完成了他诗歌革新、俳句革新之路。虽然他极力抨击众俳人们被传统俳句规范绑死而不自知,但他自己并未全然弃绝之,而是自觉地加以翻新,死里求生找活路。他照样使用"季题"(季语),但不受传统季题套路所囿,把当下、把周遭生活的新元素、新酒……注入旧瓶,生出"新"俳句。虽然他认为工业化的明治时代新日本过于粗鄙丑恶,未有适合诗或文学的题材,并且新时代许多新意象很难引发诗意,但他还是承认现代世界已是人们生活的一部分,现代事物当然可以入诗。他精明、鲜活地使用新名词,自在混用外来语(西洋语)、汉语、雅语、俗语。他作品数量太多,有时也未能免俗,顺手写出一些过节应景之句(恰是他所批评、反对的!)——譬如某些贴春联式的新年之句——

全民之春——／同胞／三千九百万

（民の春同胞三千九百萬）

一年之计在正月／一生之计／在今朝

（一年は正月に一生は今に在り）

但他还是为我们迸出许多美妙的俳句的新火花：

跟十二层高的大楼相比，／夏天的富士山／只有五层高

（十二層楼五層あたりに夏の不二）

火车驶过——／烟雾回旋于／新叶丛中

（汽車過ぎて煙うづまく若葉哉）

有新绿嫩叶的房子，有新绿嫩叶的房子，有新绿嫩叶的房子……

（家あつて若葉家あつて若葉哉）

月夜——／野雁沿铁路／低飞

（汽車道に低く雁飛ぶ月夜哉）

洒落／春风中……多红啊／我的牙粉

（春風にこぼれて赤し歯磨粉）

五月梅雨，／在报社编辑部——／只身一人

（一人居る編輯局や五月雨）

有蜜蜂标记的／葡萄酒——啊，／满满一整

頁広告

（葡萄酒の蜂の広告や一頁）

第一首诗中的"不二"（富士山）是古来短歌、俳句中屡现的名胜（歌枕），在子规笔下却意外窜出一栋十二层高的"摩天楼"与之争锋。二、三首中的"若葉"（新叶、新绿嫩叶）是传统俳句表示夏天的"季语"之一，但第二首的叶丛间萦绕着柴油火车喷出的烟雾，而第三首里诗人运用了今日电脑时代"复制"的概念，大胆地把整个"家あつて若葉"（音 ie atte wakaba：有新绿嫩叶的房子）重制一遍贴上，显现出一列火车／两车厢奔驰过一间又一间嫩叶茂生的家屋的曼妙动感。第五首的"歯磨粉"（牙粉），第六首的"編輯局"（报社编辑部），第七首的"葡萄酒"和"広告"（广告）——还有前面出现过的他爱吃的"アイスクリム"（冰激凌）——也都是可爱的亮点。

归化日籍的美裔日本文学专家唐纳德·基恩（Donald Keene）在其所著《冬日阳光流进：正冈子规传》（*The Winter Sun Shines In: A Life of Masaoka Shiki*）中有两段文字总评子规的诗歌成就，我们觉得颇合适复制于此：

正冈子规的俳句和俳论影响巨大而且持久。很难想象会有任何重要的俳句诗人想重回子规俳句革新运动之前盛行的老套俳句写作方式。对子规,以及所有现代俳句诗人,没有任何题材是不可以入诗的。

在子规开始写作他的诗歌和评论之时,俳句和短歌几乎已走入绝境,当时最好的诗人对短诗已兴趣缺乏。子规和他的门生在传统形式之中探索新的表达可能,而将俳句、短歌此二诗歌类型保存下来。今日数以百万计写作俳句的日本人(以及许许多多非日本人)都属于"子规派",就连写作新诗、现代诗等全然不同诗歌类型的诗人也多受其启发。正冈子规是现代日本诗歌真正的奠基者。

三、子规与芭蕉

正冈子规是极少数敢非议俳圣芭蕉"金牌"地位的俳句(革新运动)运动员。在1893年所写的《芭蕉杂谈》中,他批评芭蕉的诗句"玉石混淆",说其所作千首俳句中"过半恶句、驮句(拙句)",仅五分之一("二百余首")属佳作,寥若晨星。一

年多前我们曾在《八叫芭蕉》一文里戏说"正冈子规自己一生写了约一万八千首俳句，依他自己的标准检视他，敢称能有千首佳句吗？打击率难及 0.5 成，敢议论你（芭蕉）高达两成的巨炮实力？真是自我打脸……我们相信他是'口非心是'的你的另类粉丝。"细读子规对芭蕉的评论，他并非真的觉得芭蕉的诗不重要。提倡"写生"的子规敬重芭蕉，因为他相信芭蕉是第一位写生主义的俳句诗人，并且芭蕉许多诗作具有"雄浑豪壮"的气质。在《芭蕉杂谈》中子规说："而松尾芭蕉独于此时，怀豪壮之气，挥雄浑之笔，赋天地之大观，叙山水之胜景，令举世惊。"（而して松尾芭蕉は、独りこの間に在て、豪壮の気を蔵め、雄渾の筆を揮ひ、天地の大観を賦し、山水の勝概を叙し、以て一世を驚かしたり。）芭蕉的门生们即便也成功地仿效了蕉风的写生性，但无人能再现其雄浑。子规不满后世芭蕉的跟随者，特别是那些食古不化的所谓"俳谐宗匠"，徒奉芭蕉为偶像，而不思真正体现、传扬其精神。子规 1898 年所写的这首俳句"芭蕉忌日话芭蕉——／那些奉承芭蕉者／多粗鄙无识"（芭蕉忌や芭蕉に媚びる人いやし），所指即此。

　　子规在 1893 年"芭蕉二百年忌"之年，有仿芭蕉《奥之细道》行脚的奥羽之旅，前后约一个月。

芭蕉当年一路行吟，子规则部分路程搭火车。子规此行成诗甚多，使得他此年所写俳句达四五千首。在《獭祭书屋俳句帖抄·上卷》中子规自己说"然而自前一年体会实景写俳句之方以来，此殆为自己滥作之极限"（併し前年に実景を俳句にする味を悟った以来ここに至って濫作の極に達したやうである）。"滥作"两字也许非自谦，但自然也有不少景情接合，化景为境的佳句，譬如写于吹浦海岸的"他洗马，／用秋日海上的／落日"（夕陽に馬洗ひけり秋の海），写于山形县大石田的"挟整个夏季／流金而下——啊，／滔滔最上川"（ずんずんと夏を流すや最上川）。或者"走了又走真热，／停下歇息，／凉哉——蝉鸣"（行けは熱し休めば涼し蝉の声）；"冷清的／火车站——莲花／盛开"（蓮の花さくや淋しき停車場）；"啊，秋风——／浮世之旅／无人知其终"（秋風や旅の浮世の果て知らず）。芭蕉一生大半浪迹在外，以脚／笔在大地的稿纸上耕耘——"人间此世行旅：／如在一小块／田地来回耕耙"（世を旅に代掻く小田の行き戻り）。子规后来因卧病，不良于行，面对芭蕉翁像只能自嘲地说"我在被炉旁／烘染你／行脚之姿"（われは巨燵君は行脚の姿かな），或者庆幸自己仍能在秧田形的短册、色纸上作画作诗笔

耕——"秧田——啊，/写诗的长条纸形/绘画的方形纸笺"（苗代や短冊形と色紙形）。

　　子规在《芭蕉杂谈》中说5—7—5、十七音节的"发句"（连句首句）是文学，但"连句"不是（"発句は文学なり、連俳は文学に非ず"），他肯定芭蕉提升了"发句"的价值，使之足以独立为真正的文学。博学勤学、眼明手快如子规，是很难绕过宝藏在焉的芭蕉作品的。试列举一些两人之句：

初冬阵雨/——奈良千年/伽蓝伽蓝
　（奈良千年伽藍伽藍の時雨哉：子规1893）
奈良——/七重七堂伽蓝/八重樱……
　（奈良七重七堂伽藍八重桜：芭蕉1684—1694间）

隐藏于/春草间——/战士的尸体
　（なき人のむくろを隠せ春の草：子规1895）
夏草：/战士们/梦之遗迹……
　（夏草や兵どもが夢の跡：芭蕉1689）

秋去也——/再一次，我被/呼为"旅人"
　（行く秋のまた旅人と呼ばれけり：子规1895）
但愿呼我的名为/"旅人"——/初冬第一
　　场阵雨

（旅人と我が名呼ばれん初時雨：芭蕉1687）

春之海——／大岛小岛／灯火漾……
（島々に灯をともしけり春の海：子规1897）
夏之海浪荡：／大岛小岛／碎成千万状
（島々や千々に砕きて夏の海：芭蕉1689）

在1898年所写的《古池之句辩》一文中，子规追溯了连歌、连句和发句的历史，盛赞芭蕉"古池——／青蛙跃进：／水之音"（古池や蛙飛びこむ水の音）一句体现了"写生"的精髓，开启了真正的俳句："像这样！此际芭蕉开悟了……他发现日常平凡的事物也能转化为诗句……芭蕉终于领悟了自然之妙，摒弃了相形见鄙的雕琢之工……芭蕉的眼睛注视着青蛙，也就是说注视着自然……此诗之意义尽在此矣，'古池——青蛙跃进：水之音'——再不需要添加一丝一毫的东西……"（これなり。この際芭蕉は自ら俳諧の上に大悟せりと感じたるが如し……今は日常平凡の事が直に句となることを発明せり……芭蕉は終に自然の妙を悟りて工夫の卑しきを斥けたるなり……芭蕉が蛙の上に活眼を開きたるは、即ち自然の上に活眼を開きたるなり……意義においては古池に

蛙の飛び込む音を聞きたりといふ外、一毫も加ふべきものあらず……)

芭蕉1686年这只青蛙跃入古池的声音，在后世不断激起许多诗人养蛙跳水的回响。有时比赛场地、选手可能略有不同，譬如芜村和子规这两句：

古庭：/梅枝上，莺啼/终日
（古庭に鶯啼きぬ日もすがら：芜村1744）
古庭院月色中/把热水袋水/倒空
（古庭や月に湯婆の湯をこぼす：子规1896）

子规还有非常可爱的两句，简直是"后现代"式的拼贴、抢劫（哇，还整首端过去哦……）：

"古池——/青蛙跃进……"/啊，好一幅
 俳画！
（古池に蛙とびこむ俳画哉）
芭蕉忌日怀芭蕉：/古池，青蛙/跃进——
 水之音
（芭蕉忌や古池や蛙飛びこむ水の音）

看到这么多遥遥呼应芭蕉，向其致意、致敬的诗句，我们很难说子规是一个不爱芭蕉的人。

四、子规与芜村

正冈子规在 1897 年所写的《俳人芜村》中，力赞"芜村的俳句堪与芭蕉匹敌，甚或凌驾芭蕉"（蕪村の俳句は芭蕉に匹敵すべく、あるいはこれに凌駕するところありて），并叹芜村之后的俳人有眼无珠，不识其好，百年间任其光彩埋于瓦砾中。他赞扬芜村的俳句具有积极、客观、人事、理想、复杂、精细等多种美感。他说"美有积极与消极两种，积极的美指的是构思壮大、雄浑、劲健、艳丽、活泼、奇警，消极的美则指意境古雅、幽玄、悲惨、沉静、平易……"，芭蕉的诗多消极美，相较之下芜村的诗则富积极美。子规所处的明治时代，散发着一种奋发进取、求新图强的大氛围，子规个人天性开朗，卧病多年依然坚毅求生，诗句中极少显露悲观情绪——积极的时代加积极的个人，子规自然是积极美的乐观拥抱者。

芜村是大画家兼大诗人，他的诗十分重视构图和色泽，写生感和画趣十足，遂成为子规力倡的诗歌"写生"理论先行、已有之实践典范。子规说芭蕉的俳句比古来的和歌显现更多客观美，但仍远不及芜村诗作的客观美。他说"极度的客观美等同绘画"（極度の客観的美は絵画と同じ），而芜村的

俳句很多时候就是一幅画。但芜村虽然诗中有画，却每每跳脱写实，以充沛的想象力创造具艺术感和新鲜感的诗意。说来有些矛盾，芜村这些空想、奇想（非简单"写生"！）之句，居然也是子规所喜，是他在惯于以诗表达自身经历、摒弃生自想象之景的芭蕉句中难以找到的。

在 1895 年发表的《俳谐大要》中，子规说："必须糅合空想与写实，创造出一种非空、非实的大文学。偏执于空想或拘泥于现实，皆非至道也。"（空想と写実を合同して一種非空非実の大文学を製出せざるべからず。空想に偏僻し写実に拘泥する者は固よりその至る者に非るなり。）子规自己的一些俳句也是虚实相合的。在《俳人芜村》中他说："文学不是传记，不是记实。文学创作者头倚着四叠半空间一张旧书桌，'理想'则逍遥于天地八荒间，无碍自在地追求美——无羽而翔空，无鳍而潜海，无音而听音，无色而观色。如此得来者，必崭新奇警，足以惊人也。求斯人于俳句界，唯芜村一人矣！"（文学は伝記にあらず、記実にあらず、文学者の頭脳は四畳半の古机にもたれながらその理想は天地八荒の中に逍遥して無碍自在に美趣を求む。羽なくして空に翔るべし、鰭なくして海に潜むべし。音なくして音を聴くべく、色な

くして色を観るべし。此の如くして得来る者、必ず斬新奇警人を驚かすに足る者あり。俳句界において斯人を求むるに蕪村一人あり。）也正是因为这种体现了"理想美"的诗"艺"，芜村方能与以"道"立足的芭蕉、以"生"立足的一茶，鼎立为古典俳句三大家。

　　但一首诗作究属积极美、客观美、理想美……有时很难区分，好诗之生成每每是知性与感性，眼睛与心灵交互作用的结果。下面试并置芜村、子规两人之句对照玩味，看能诗、能画的这两位诗人如何异趣同工或异工同趣，在诗中展现写生、构图、着色、用墨、运笔（或运镜）之妙：

一只黑山蚁／鲜明夺目／爬上白牡丹
　（山蟻のあからさま也白牡丹：蕪村）
红蔷薇上／一只淡绿色蜘蛛／爬动
　（赤薔薇や萌黄の蜘の這ふて居る：子規）

黑猫——通身／一团墨黑，摸黑／幽会去了……
　（黒猫の身のうば玉や恋の闇：蕪村）
今晨雪／白——搞不明白／白猫去向
　（白猫の行衛わからず雪の朝：子規）

栖息于/寺庙钟上——/熟睡的一只蝴蝶
（釣鐘にとまりて眠る胡蝶かな：芜村）
栖息于/寺庙钟上——/闪烁的一只萤火虫
（釣鐘にとまりて光る蛍かな：子规）

一朵牵牛花/牵映出/整座深渊蓝
（朝顔や一輪深き淵の色：芜村）
一种临界黑的/深紫色——/这些葡萄
（黒キマデニ紫深キ葡萄カナ：子规）

闪电映照——/四海浪击/秋津岛……
（稲妻や浪もてゆへる秋津島：芜村）
金银色/掠空，闪电/映西东……
（金銀の色よ稲妻西東：子规）

黄昏雷阵雨——/紧紧抓着草叶的/成群的麻雀……
（夕立や草葉をつかむ群雀：芜村）
午后雷阵雨：/两三人/同撑一把伞
（夕立や傘一本に二三人：子规）

踏石三颗、四颗/歪斜缀于/莲池浮叶间
（飛石も三つ四つ蓮のうき葉哉：芜村）

枯野——／石头三三／两两

（二つ三つ石ころげたる枯野哉：子规）

春雨——／边走边聊：／蓑衣和伞……

（春雨やものがたりゆく簑と傘：芜村）

春日昼长——／舟与岸／对话不完

（舟と岸と話して居る日永哉：子规）

高丽船／不靠岸／驶入春雾中……

（高麗舟のよらで過ゆく霞かな：芜村）

雾中／大船拖／小舟

（大船の小舟引き行く霞哉：子规）

仰迎凉粉／入我肚，恍似／银河三千尺……

（心太逆しまに銀河三千尺：芜村）

青毛豆，啊／三寸外／直飞我口！

（枝豆ヤ三寸飛ンデ口ニ入ル：子规）

故乡／酒虽欠佳，但／荞麦花开哉！

（故郷や酒はあしくとそばの花：芜村）

故乡啊，／桃花灿开／表堂兄弟姊妹多

（故郷はいとこの多し桃の花：子规）

歪头斜颈,口沫横飞,争论个/不停的——
　这些/蛙哟!
(独鈷鎌首水かけ論の蛙かな:芜村)
蛙跳的方式颇/客观——蛙鸣的方式/非常
　主观!
(客観の蛙飛んで主観の蛙鳴く:子规)
云雀派与/蛙派,在争论/唱歌的方法……
(雲雀派と蛙派と歌の議論かな:子规)

月已西沉——/四五人/舞兴仍酣……
(四五人に月落ちかかるおどり哉:芜村)
中风病者爱舞蹈——/一舞,病躯/尽忘……
(をどり好中風病身を捨かねつ:芜村)
鱼腥味中/渔村村民,月下/齐舞踊
(生臭き漁村の月の踊かな:子规)

屋子里的紫色/若隐若现——/美人的头巾……
(紫の一間ほのめく頭巾かな:芜村)
用桶子淋浴——/陋巷里一长排陋屋中/有
　美人住焉
(行水や美人住みける裏長屋:子规)

远山峡谷间/樱花绽放——/宇宙在其中

（さくら咲いて宇宙遠し山のかい：芜村）
月一轮／星无数／满天绿……
（月一輪星無数空緑なり：子规）

不二山风——／一吹／十三州柳绿……
（不二嵐十三州の柳かな：芜村）
凉啊，这让我／快意一窥千年之景的／风……
（のぞく目に一千年の風涼し：子规）

如果上面这两首诗是风的空间与时间威力的对决，下面两首就是"二"的奇妙演绎了：

两棵梅树——／我爱其花开：／一先一后
（二もとのむめに遅速を愛すかな：芜村）
我去，／你留——／两个秋天
（行く我にとどまる汝に秋二つ：子规）

汉文造诣甚高的芜村喜欢在俳句中大量使用汉字，有时甚至全用汉字，让全句看起来仿佛"墨感"厚实些，七岁习汉文，汉诗、汉文都写得不错的子规也不遑多让：

柳丝散落，／清水涸——／岩石处处

（柳散清水涸石处々：芜村）

五月雨——/滚滚浊流/冲沧海！

（五月雨や滄海を衝濁水：芜村）

寒月悬中天——/枯树林里/三根竹

（寒月や枯木の中の竹三竿：芜村）

夜出桃花林，/拂晓又作/嵯峨赏樱人

（夜桃林を出て曉嵯峨の桜人：芜村）

纪元二千五百五十五年哉

（紀元二千五百五十五年哉：子规）

恭贺新禧——/一月一日，日/升大地！

（恭賀新禧一月一日日野昇：子规）

病起，/倚杖对/千山万岳之秋

（病起杖に倚れば千山萬嶽の秋：子规）

秋风起——/天狗笑/天狗泣

（天狗泣き天狗笑うや秋の風：子规）

芜村、子规有些诗句看起来像一张剧照，一个定格的"映画"画面，有些则在写真之外笼罩一层古典、异境的奇想色泽：

逆狂风而驰——/五六名骑兵/急奔鸟羽殿

（鳥羽殿へ五六騎いそぐ野分哉：芜村）

十一位骑士／面向大风雪／头也不回
（十一騎面もふらぬ吹雪かな：子规）

二十日行路——／云峰，高耸于我／前屈的
　脊梁上
（廿日路の背中に立や雲の峰：芜村）
仿佛背负／夕阳——行脚僧高高的身躯／
　在枯野上
（夕日負ふ六部背高き枯野かな：子规）

狐狸爱上巫女，／夜寒／夜夜来寻……
（巫女に狐恋する夜寒哉：芜村）
美人来我梦，／自言／梅花精
（夢に美人来れり曰く梅の精と：子规）

狐狸化身／公子游——／妖冶春宵……
（公達に狐化けたり宵の春：芜村）
春夜打盹——／浅梦／牡丹亭
（うたた寝に春の夜浅し牡丹亭：子规）

芜村诗中的画面，有时颇像现代、后现代摄影大师镜头下的影像——冷凝、抽象、极简（有时只用黑白胶卷），或者像电影里久久不动的长镜头：

梅雨季：/ 面向大河——/ 屋两间

（五月雨や大河を前に家二軒）

春之海——/ 终日，悠缓地 / 起伏伏起

（春の海終日のたりのたり哉）

牡丹花落——/ 两三片 / 交叠

（牡丹散て打かさなりぬ二三片）

子规的诗也有类似的画面感，但子规进一步地让镜头移动，或者说在有限的十七音节俳句里完成具有动感的一部"微电影"：

啊茶花 / 坠落，一朵 / 两朵……

（一つ落ちて二つ落たる椿哉）

蝴蝶三只 / 两只，一只…… / 啊，都分开了

（胡蝶三つ二つ一つに分れけり）

一户人家 / 梅开五六株，还有 / 这里、这里……

（家一つ梅五六本ここもここも）

小香鱼微微动 / 小香鱼微微动，啊 / 小香鱼闪闪发光……

（小鮎ちろ小鮎ちろ小鮎ちろりちろり）

最后一首诗有题"小香鱼往前奔"，子规在日文原句里叠用三次"小鮎ちろ"，成功营造出小香

鱼们用力往前游、争相溯流而上的跃动感,和先前提到的火车诗("家あつて若葉家あつて若葉哉")有异曲同工之妙。而同样牡丹花落,芜村的长镜头到了子规手中就成为伸缩镜头——在下面前半句,他先给了一个牡丹"二片散"的特写镜头,在后半句将镜头拉远,给出"牡丹整个变形"的全景画面:

只谢落了 / 两片——牡丹 / 整个变形……
(二片散つて牡丹の形变りけり)

子规晚年长期卧病床榻,被局限了的视野或视角经常让他的"写生句"出现聚焦于一物的"意象主义"式的简洁、鲜明画面感,如同美国诗人威廉斯(W. C. Williams, 1883—1963)这首受了俳句影响的《红色手推车》(*The Red Wheelbarrow*):

这么多东西	so much depends
要依靠	upon
一架红手	a red wheel
推车	barrow
被雨水擦得	glazed with rain
发亮	water

旁边一些白色　　beside the white
小鸡　　　　　　chickens

在可插一两朵花的/法国小花瓶——/啊,
冬蔷薇
(フランスの一輪ざしや冬の薔薇：子规1897)
红苹果/绿苹果/——在桌上
(赤き林檎青き林檎や卓の上：子规1900)
鸡冠花——/应该约莫/十四五朵
(鶏頭の十四五本もありぬべし：子规1900)

　　他晚年写的一些短歌亦复如此。下面第一首为1900年4月之作,是其所写"庭前即景"十首短歌之一。对于病床上的子规,室外的小庭园是其仅有的天地、袖珍版的大自然,而他依然敏锐地体察到四季的推移、草木的生意,以精细的目光特写发新芽的蔷薇;第二首则为1901年4月所写,十首"瓶中紫藤花"系列短歌开头之作,卧床的诗人独特、受限的"写生"视角,察看到了一般人的目光不会感受到的花枝之"短":

春雨轻润着/二尺长/蔷薇新芽上/红色的/
软刺……

（くれなゐの二尺伸びたる薔薇の芽の針や

はらかに春雨の降る）

插在瓶内的 / 紫藤， / 花枝太短了——/ 无

法垂落到 / 榻榻米

（瓶にさす藤の花ぶさみじかければたたみ

の上にとどかざりけり）

生命最后几年受困病榻的子规，甚至连在床上坐着或翻身都不能，但他躺在那里一滴墨、一滴墨地写出一篇篇、一册册俳句、短歌、随笔、评论……日复一日，毫不松懈。他最好的作品大多数都写于"病床六尺"上这逝前七年里。美裔日本文学专家唐纳德·基恩在评述上面最后一首短歌时说，此诗乍看平淡，但当我们想到这位因卧病、动弹不得而身躯变小、变短的文学巨人，想伸手触摸垂下的紫藤花枝而不能的沉痛时，我们也许才豁然领悟这样的赤裸、无饰，正是此诗的精髓。他说："这不只是一首诗，这是呐喊。"

五、子规与友人

开朗热情的正冈子规是文学小巨人，也是文学大磁场，吸引许多朋友、门生围聚他身边，卧病

困顿的他也时时得到这些友人的帮助。一生中，长期诗文、书信往返、甚至入诗的文友甚多，最密切者当为夏目漱石、高滨虚子、河东碧梧桐三人。

漱石与子规同年，两人18岁（1884）在东京求学时为同级生，1889年1月，两人因喜欢看"落语"而成为好友。当年5月子规咳血一周，啼出许多杜鹃／子规诗，漱石去医院探望他后写了一封信鼓舞他，附了两首以英文"to live is the sole end of man!"（活着是人生唯一目的!）为前书的俳句：

我回去了，／要笑，不要哭啊，／杜鹃鸟
（帰ろふと泣かず笑へ時鳥）
无人期待／闻你啼叫、啼血啊，／子规……
（聞かふとて誰も待たぬに時鳥）

1895年5月从大连回日本的子规在船上咯血，5月至7月在神户与须磨疗治时，他的两个弟子河东碧梧桐、高滨虚子先后来看他，他写了一首俳句请虚子带回给东京友人们：

告诉他们——／我只不过在须磨海边／睡个
　午觉……
（ことづてよ須磨の浦わに昼寝すと）

8月27日至10月17日子规回家乡松山继续疗养，借住漱石的寓所[插妥桔梗花——／乐以此处／为我临时书斋（桔梗活けてしばらく假の書齋哉）]。临别之际，漱石写了一首俳句《送子规回东京》，诗中刻意使用了两次"立ち"（意为起身或开始）：

起身回乡，／你当先起身／菊下共饮新酒
（御立ちやるか御立ちやれ新酒菊の花）

子规写下动人的"我去，／你留——／两个秋天"（行く我にとどまる汝に秋二つ）一句回报，以"二"为枢纽，妙来妙往。回东京途中，子规在奈良法隆寺旁茶店小憩时写下名句——

柿子／入我口，钟鸣／法隆寺……
（柿食へば鐘が鳴るなり法隆寺）

此诗灵感或许来自漱石9月时发表的一首俳句——

建长寺／钟鸣，银杏／纷纷落……
（鐘つけば銀杏ちるなり建長寺）

同年大晦日（12月31日），漱石与虚子同往东京根岸子规庵访子规，令病床上的子规大喜，连写了数首俳句，欢欣之情跃然字句间：

大年三十——／青瓷之瓶／插梅花！
（梅活けし青磁の瓶や大三十日）
大年三十，／梅花插就——／待君临寒舍
（梅活けて君待つ庵の大三十日）
大年三十——／漱石来了，／虚子也来了！
（漱石が來て虚子が來て大三十日）

子规一生亟需友情滋润，门生中高滨虚子与河东碧梧桐并称"双璧"，子规于他们亦师亦友，知交一生。1896年冬，新罹脊椎骨疽的子规在家等候虚子来访，阵雨夜降，孤寂的子规听在耳里，心头焦切浮现虚子已走在离子规庵不远处的上野，脚步声即将在门口响起之"虚"景：

入夜初冬阵雨／降，虚子料已在／上野即
　　将到……
（小夜時雨上野を虚子の來つゝあらん）

此诗虚实交加，颇幽微动人。唯受苦之人方

知友情之贵与美。1897年冬,获悉高徒碧梧桐染天花住院,他乃能将心比心写出下面问慰之句:

时而发冷,/时而发痒,时而/想要友人
　　到访……
（寒からう痒からう人に逢ひたからう）

虚子曾斥资为子规在病室里装了煤油暖炉及昂贵的玻璃拉门。1901年秋天,又借钱给他,子规欢喜地将之放在红黄绿三色棉线缝成的钱包里,从病室屋顶垂悬而下,以之订购了好吃的料理与母亲八重和妹妹律同享。对于生命即将由深秋进入寒冬的子规,这可爱的钱包仿佛红叶斑斓的如锦秋色,秋锦里的钱让他及时大快朵颐,斑斓的秋锦让他秋实丰收之感常存:

病榻上,三色/棉线缝成的钱包/仿佛如锦秋色
　　（病牀ノ財布モ秋ノ錦カナ）

1902年9月18日,死前一日的子规在妹妹律与碧梧桐帮助下,提笔书写辞世诗,律帮忙拿着纸板,碧梧桐搀扶子规运笔。碧梧桐在其所著《子规言行录》中如是追忆此景——

我将他笔管与笔穗皆细长的毛笔蘸满墨,帮助他用右手握住笔,突然间他在纸板中央顺畅地写下"糸瓜咲て"(丝瓜花已开),"咲て"两字有点笔迹飞白。我又蘸了墨把笔给他,他在刚才那一行字左边稍低一点的地方写下"痰のつまりし"(痰塞肺中)。我很好奇他接着要写什么,我目不转睛地盯着,随后他终于写下"佛かな"(我成佛去矣),让我心头一惊!

子规于9月19日(阴历八月十七日)午前一时左右去世,当晚赶来的虚子,对着十七日明月写了一句"子规逝——/阴历十七/月明亮"(子规逝くや十七日の月明に)。夏目漱石在伦敦接获子规讣闻后也写了悼诗:

无线香可/献祭,/暮秋时节
(手向くべき線香もなくて暮の秋)
黄雾迷蒙的/市街上,/他孤影恍动……
(霧黄なる市に動くや影法師)

碧梧桐后来写有一首"怀子规居士旧事"——"故人曾在此，/新酒一杯/睹遗物……"（故人ここに在りし遺物と新酒かな）。子规死后，虚子接棒主持《杜鹃》杂志，一直到现在仍定期出刊，由虚子曾孙主持社务。碧梧桐则接续子规负责报纸《日本》上俳句栏的选句工作。虚子与碧梧桐这一时瑜亮的同门师兄弟，后来对俳句观念有别，逐渐分道扬镳。较保守的虚子延续子规"客观写生"说，且尊重俳句的季题与定型。较前卫的碧梧桐提倡"新倾向俳句"，接纳超越季题、无定型的"自由律"。两派虽殊途，但同在二十世纪日本俳坛引领风骚，再现子规诗歌影响。子规曾评论这对高徒，说"碧梧桐冷如水，虚子热如火；碧梧桐视人间为无心之草木，虚子视草木为有情之人间"（碧梧桐は冷かなること水の如く、虚子は熱きこと火の如し、碧梧桐の人間を見るは猶無心の草木を見るが如く、虚子の草木を見るは猶有情の人間を見るが如し）。

下面列几首拙译二人俳句，碧梧桐最后一句长达26音节（真"自由"！）——

秋风——/啊，眼见/皆俳句……
（秋風や眼中のもの皆俳句：虚子）

他一言，/ 我一言——/ 秋深

（彼一語我一語秋深みかも：虚子）

红鲤鱼水中 / 浮：一片 / 落叶在鼻上

（鼻の上に落葉をのせて緋鯉浮く：虚子）

喜时洗发，/ 悲时——/ 她也洗发！

（喜びにつけ憂きにつけ髪洗ふ：虚子）

脚跋日本拖鞋，/ 踏在伦敦 / 春草上

（倫敦の春草を踏む我が草履：虚子）

红茶花，/ 白茶花，/ 落下来了……

（赤い椿白い椿と落ちにけり：碧梧桐）

一旁的女子 / 我们袖子触到了——/ 啊粉红桃

（女を側へ袖触るる桃：碧梧桐）

直到我打了苍蝇，/ 苍蝇拍非 / 苍蝇拍

（蝿打つまで蝿叩なかりし：碧梧桐）

远方焰火的 / 声音——/ 别无他物

（花火音して何もなかりけり：碧梧桐）

没有谁闲话我的脸有如 / 死人的颜色——/ 彻夜虫鸣

（我顔死に色したことを誰も云はなんだ夜の虫の音：碧梧桐）

六、子规生命中的女子

正冈子规生命中最重要的女子,当属母亲正冈八重(1845—1927)与妹妹正冈律(1870—1941)。子规六岁丧父,守寡的母亲靠教授裁缝贴补家计。她与小子规三岁的律,一生的使命仿佛就只是照顾后来生病的子规。律之外,子规没有其他兄弟姊妹。根据碧梧桐所述,子规的妈妈说子规小时候是个体弱、胆小的孩子,在外受别的孩子欺负就逃跑回家。妹妹律从小个性活泼,每每是她替哥哥报仇,向哥哥的敌人们丢石头。

律结过两次婚。16岁(1885)时嫁给一位陆军军人,两年后离婚;1889年又嫁给一位松山中学校教师,十个月后据说为了照顾咯血的子规再度离婚。1892年11月,与母亲一起到东京与子规同住,全力照料其起居。染病的子规颇为自己四肢不勤,有劳其妹做家中粗活而歉疚、不舍——

冬笼:/吾妹一人/劈柴
(薪をわるいもうと一人冬籠)
我妹妹/用锯子锯炭——/两手全黑
(鋸に炭切る妹の手ぞ黒き)

子规的母亲爱儿、忧儿、护儿之心切与辛苦，自是不言而喻。从子规所写的诗中，也可发现他事亲至孝，虽然"体弱儿"的他有时可能心有余而"力"不足：

天气转晴——／啊，是要让我慈母／一眺富
　士山雪吧
（母様に見よとて晴れしふじの雪）

1895年6月，子规在神户就医，八重由碧梧桐陪同从东京赶来看护。6月28日八重回睽违三年的松山，7月9日与碧梧桐由松山回东京，子规写了一首"为母亲要回东京而作"，祈求上天放晴两日，让母亲一路平顺——

五月连绵雨啊，／未来两日／切勿下！
（この二日五月雨なんど降るべからず）

卧病难动弹的子规，生命最后几年每须靠麻醉药止痛方能提笔写作或画画，日常作息中对其妹律依赖犹深。律有时外出办事，迟迟未返，子规忐忑不安，既忧其安危，又盼她这左右手、这"替身"早早回其身旁。写于1901年秋的两首俳句可

以一窥此情:

> 初五月当空——/夜黑吾妹/归来何其迟呀
> (イモウトノ帰リ遅サヨ五日月)
> 夜寒——/与母亲二人等待/吾妹
> (母ト二人イモウトヲ待ツ夜寒カナ)

1902年4月,子规死前五个月,碧梧桐趁花季最末,带长年辛劳照料子规的八重出去赏樱散心,妹妹律想必也同行,"左右手"俱去的子规在家焦急守候,频频看钟——

> 母亲外出/赏樱:我留守在家/不时看钟
> (たらちねの花見の留守や時計見る)

1896年春,子规左腰肿胀剧痛,3月中诊断为脊椎骨疽并进行手术,从此行动不便,与床为伍。母亲与妹妹当时也一度外出赏樱,子规一人在家中,被突来的地震震出了这首俳句:

> 都赏樱花去了/只有我一人在家/——啊,
>   地震
> (只一人花見の留守の地震かな)

有人说突遇地震的子规一定懊恼未能同行赏樱——樱树上、樱树下，樱花缤纷，岂不美哉？又突来地震，让摇曳枝上或缤纷散落的樱花更加摇曳、缤纷，简直是至美啊，仿佛现场看一场绝无仅有的"樱花摇滚"！我们想，初困于生命最后七年六尺病床的子规，当时一人在家，心中涌出来的就是"怕"吧——恐无余暇想象或享受任何"可怖的美丽"（terrible beauty）。子规一生至苦，幸赖其母其妹无私奉献、看护，得以以病室为书斋为文学史书写新页，特别是其妹律。看过日剧《坂上之云》（坂の上の雲）的人，应该都会对两人深厚的兄妹之情印象深刻。子规去世后，律继承家业和母亲续住于子规庵，她进入女子职业学校读书，毕业后留校当职员，而后教师。母亲八重年迈生病后，律辞职在子规庵开裁缝教室，致力于保存子规遗物、遗墨。八重于1927年以83岁之龄过世。1928年，"财团法人子规庵保存会"成立，律任首任代理事长，1941年以72岁之龄过世，终生未再嫁。

*

子规终身未娶，似乎也无恋人。大家都想知道他有没有爱过谁，或被谁所爱。

1896年他有一首"春思"或"思春"之句——"春夜——/没有妻子的男人/读什么？"（春の夜

や妻なき男何を読む)。他读诗、读歌作、读《水浒传》……他很好奇其他的光棍，春夜光着身子带着棍子，都读什么。有妻子的男人就直接读妻子了，说不定还"读你千遍也不厌倦"呢。

子规在六尺病榻神游古今，无妻，但颇喜欢"妻子"一词，以"妻"入诗的俳句逾百首。1898年他写了一首冬日幽居的诗，想象积雪阻行，不便外出采买，"妻子"每天做以蔬菜、味噌、米饭等一锅煮的杂烩粥（菜粥），吃久了她恐怕已觉厌烦。"冬笼"食单调，子规为此心疼"娇妻"呢——

冬笼——／妻子已厌烦／杂烩粥……
（雜炊のきらひな妻や冬籠）

1902年8月，临终前一个月，子规有一首题为"对于意外之恋的失望"的奇特之作：

恋秋茄子般——／啊，卧病之人／垂暮
之恋……
（病む人が老いての戀や秋茄子）

此年8月22日，门人铃木芒生、伊藤牛步到子规庵探望子规，带来皆川丁堂和尚所藏渡边南岳

（1767—1813）《四季草花画卷》。子规看后甚为动心，希望和尚能将此画卷转让给他，但未能如愿。两门人见子规执意拥有此画，当日遂将其暂留子规处。子规后来在《病床六尺》里写了一篇以此为题材的恋爱故事。子规说他爱的姑娘名为"南岳草花画卷"。子规爱美。美好的美术品如美人，虽未能娶之拥之、爱抚偕老终生，能为"一夜妻"也是不浅艳福啊。

子规可能有一恋人。

1888年夏天，22岁的子规从第一高等中学校预科毕业，寄宿于东京墨田区向岛长命寺前之樱饼屋"月香楼"。"樱饼"即樱叶饼或樱叶糕，是用樱花叶子卷起来的豆沙馅糕点。此年子规有下面两首樱饼俳句：

薄薄的叶子里／朱红的滋味——／啊，樱叶饼
（薄き葉の中に朱味や桜餅）
夏天的叶子，／春天的气味——／啊，樱叶饼
（夏の葉に春の匂ひやさくら餅）

嗜好甜食的子规暑假期间在"月香楼"中勤

写《七草集》，集中"兰之卷"有一篇汉语散文《墨江侨居记》，描述其月香楼生活，颇隽永有味，让人惊叹其汉文能力："居十数日，雨晓风夜，所见尽奇，所闻愈妙，独喜所得过所期……同窗之友五六，时乘小艇访余寓，相延上楼，当茶以樱花汤，当馃以樱花糕，共话墨江风致。"据说子规爱上了店主美貌的女儿阿陆（おろく）。有一说谓阿陆因时时为寄宿的子规送餐上楼，两人相谈甚欢，但9月后子规迁往本乡区常盘会宿舍，此段恋情遂告终。另有一说谓子规的爱意未得佳人回报，遂闭于二楼写作《七草集》移情。1889年5月，夏目漱石以汉文发表对子规《七草集》的评论（这是他首次使用笔名漱石！），并附九首汉诗，最后一首——"长命寺中鸎饼家，当炉少女美如花，芳姿一段可怜处，别后思君红泪加"——读起来仿佛为樱饼屋佳人叫屈。不管郎有情或郎无意，这段飘溢樱饼香的夏日青春时光，日后无疑不断重现于子规心头。

十年后（1898）夏天某日，子规乘人力车外出访友，傍晚时绕到隅田川边的向岛，请车夫去长命寺前樱饼店买饼，据说后来有一老、一年轻两女子拿着樱饼从店里走向在堤边车上等候的子规。32岁的子规此年所写的下面这首俳句，应是对十年前那段逝水"恋情"的追忆吧——

樱叶饼——／啊，我寻找初夏／残余的樱花……
（水無月の余花を尋ねて桜餅）

1900年夏天他写了一首极美、极官能，他称作"艳丽体"的短歌，应也是对"梦中少女"阿陆与玫瑰色、玫瑰香人生的讴歌——

红色帷幔／垂落，满溢／玫瑰花香的／窗子内——／入眠的少女
（くれなゐのとばり垂れたる窓の内に薔薇の香満ちてひとり寐る少女）

从下面这首去世前一年（1901）所写的俳句来看，这样的视觉、嗅觉、味觉……子规至死恐怕都甘心臣服其间：

樱叶饼与／草味年糕——平分了／春天的味觉
（桜餅草餅春も半かな）

有人说子规死前一个月，阿陆小姐曾去子规庵探望子规。"月香楼"樱饼屋里有一子规赠送的"今户烧"陶制月琴，上有子规写的"月香楼"三字，琴背上也写有各样的字，但地震时烧毁了。

七、子规与棒球

"棒球"的英文"baseball"(ベースボール)被译成日语"野球"(やきゅう,音 yakyū),是小正冈子规三岁的他"第一高等中学校"学弟中马庚(1870—1932)于1894年所为。1871年抵日本任教于东京开成学校的美国人贺拉斯·威尔逊(Horace Wilson),1872年时将棒球介绍给他的学生,是棒球运动在日本之始。1876年,他组织学生与住在横滨的美国人比赛棒球,可谓日本棒球史上首次"国际赛"。子规于1886年就读第一高等中学校期间,开始热衷棒球。他的幼名"升"(のぼる,音 noboru)恰可写成"野球"(の·ボール,no—boru)两字,更加促使他成为一个狂热的野球少年,乃至于"野球诗人"。

野球(やきゅう)译名虽非出自其手,但不少棒球术语是子规所译,譬如"打者"(batter)、"走者"(跑者,runner)、"直球"(straight)、"飞球"(高飞球,fly)、"四球"(四坏球,four balls),他一生也写了不少棒球俳句和短歌。子规写过九首棒球短歌,1898年以"棒球之歌九首"(ベースボールの歌九首)为题发表于报纸《日本》,相对地,子规早在1890年就写了棒球俳句,尔后不同阶段都持续有

之。此处先译三首子规棒球短歌：

> 远在天边的／亚美利坚人，开／风气之先／
> 传入棒球，我们／永远看不腻！
> （久方のアメリカ人びとのはじめにしベー
> スボールは見れど飽かぬかも）
> 一队九人／上场争战九局，／长长棒球日，／
> 暮色中／完赛……
> （九つの人九つのあらそひにベースボール
> の今日も暮れけり）
> 如今球场上／是敌队满垒情况——／我的心／
> 怦怦然，快要／从胸膛迸出
> （今やかの三つのベースに人満ちてそゞろ
> に胸のうちさわぐかな）

第一首短歌语调颇明快，日文原作里既用了《万叶集》中屡出现的用以增强氛围、往往无明确意义的古雅枕词"久方"，又用了"アメリカ"（America，亚美利坚）、"ベースボール"（baseball，棒球）等新铸外来语，给人一种生动并置古今、雅俗语汇的新鲜感——这种特色在子规短歌或俳句中都具体可见。第三首短歌中显现的（不论选手还是观众）对争取必胜的决心与专注，与明治时

代日本人民维新强国的企图心是相呼应的。下面依年代序列出几首子规棒球俳句:

春风吹拂,多想在 / 辽阔的草地上 / 投球啊!
(春風やまりを投げたき草の原:1890)
像仍不识恋爱滋味的 / 小猫,我们 / 玩着棒球
(恋知らぬ猫のふり也球あそび:1890)
接捕一颗球的极秘 / 暗号—— / 风中柳姿……
(球うける極秘は風の柳哉:1890)
我想在 / 开阔的春草地上 / 投球、接球……
(まり投げて見たき広場や春の草:1890)
绿草繁茂—— / 棒球场垒间跑道 / 白光闪耀
(草茂みベースボールの道白し:1896)
夏草—— / 打棒球的人 / 远在彼方……
(夏草やベースボールの人遠し:1898)
树篱外 / 荒凉野地上,他们在 / 打棒球
(生垣に外は枯野や球遊び:1899)
一颗棒球 / 滚过 / 蒲公英花丛……
(蒲公英ヤボールコロゲテ通リケリ:1902)

第二首俳句"不识恋爱滋味"的比喻非常独特,让我们猜想子规一生单身,是不是年轻时就惯于以"疯棒球"此类男孩的热情替代男女之恋?

子规在球队中据说担任捕手位置。读罢第三首甚富禅意的"极秘"捕球俳句，我们或才明白，球赛中不断给投手暗号的捕手可能是一队中的枢纽人物。上列子规1898年"夏草"俳句，再度变奏了芭蕉1689年名句（"夏草：／战士们／梦之遗迹……"）——夏草茂盛，战士已死，昔日充满斗志的野球少年，如今也因病困隐六尺床内，退离球场，只能远远地耳听，或想象，新登场的少年战士们的竞技。

子规曾以笔名"盗花人"（花ぬす人）和新海非风（1870—1901）以连作方式在1889、1890两年中合写过一本未完成的《一枝棣棠花》（山吹の一枝），是日本第一部棒球小说。学生时代的子规常与朋友们在东京上野公园练球、对阵，可说是第一代日本棒球选手。死后百年（2002），他进入日本野球殿堂（棒球名人堂），东京巨蛋内"野球殿堂博物馆"展有其侧面像与"棒球之歌九首"。2006年，上野公园中也设立了一座正冈子规纪念球场。

八、从"俳句"到"现代俳句"

正冈子规自许为俳句的革新者，许多西方学

者也视子规为日本"现代俳句"的奠基者。诚然不虚。从"俳句"到"现代俳句"经历了一些变化，经历了俳句史或诗歌史上先前未有的一些变化，但这绝不意味着诗歌史上只有这一段变化，或者只有正冈子规追求或带来变化。当松尾芭蕉在十七世纪提出"不易、流行"之说，说"有志于正风俳道者，不迷于世间得失是非……应以天地为尊，不忘万物山川草木人伦之本情，而当与飞花落叶游。游于其姿时，道通古今，不失不易之理，行于流行之变"（正風の俳道に志あらん人は、世上の得失是非に迷はず……天地を右にし、萬物・山川・草木・人倫の本情を忘れず、落花散葉の姿にあそぶべし。其すがたにあそぶ時は、道古今に通じ、不易の理を失はずして、流行の変にわたる）之时，他已经告诉我们：不易＝不变（万代之不易），流行＝变（一时之变化），合起来就是"变＋不变""有所变有所不变"，这是古往今来诗歌最简单的真相。我们在《八叫芭蕉》一文中曾阐述说"不变的是古往今来诗人求新求变之心，是诗之能感人、动人所需之一切不变元素。变的是与时俱进，代代诗人求新求变之姿"。所以唐朝的"近体诗"当然就是唐朝的"现代诗"，二十、二十一世纪的中文"现代诗"当然就一如唐朝的"近体诗"。诗无古今，东西方

皆同。山川异域／异时，美学／诗秘如一。

"俳谐"两字互伴，彰显或暗示"展现幽默／趣味""搞怪／制造惊奇"可能是俳句（或诗歌）的本质或精神。而我们要问，能够多搞怪，能够翻新、创新到什么程度？两年来我们持续进行的日本俳句、短歌中译之旅，于今看起来就是上天好心安排、为让我们略知其中一二之秘的学习之旅。2018年2月6日深夜，当我们译妥捷克诺奖诗人赛弗尔特的诗选，写好导读，准备以其诗句"我求瞬间即逝的短暂喜悦"做文章标题时，忽然间屋宇剧烈摇晃，发生了此生我们在花莲所遇最强的地震，瞬间家中书籍、音响、唱片倒塌，差一点堵住我们的出路，市区数栋大楼崩塌，多人遭埋。连日余震超过三百次，我们开着车四处游荡，等惊魂稍定回到家辛苦重整"废墟"，让众多唱片勉强归位，顺手播放先前一直忘了放在哪里的普赛尔（Henry Purcell）CD，听到"Music for a While"这首歌从喇叭中传出时，不禁哭了："Music for a while ／ Shall all your cares beguile. ／ Wondering how your pains were eased ／ And disdaining to be pleased..."（片刻的音乐／将让一切忧虑暂别。／诧异何以痛苦减轻，／不敢轻信这愉悦的感觉……）啊，普赛尔，诗人的最知音，短短几行，一唱三叹，仿

佛彗星般流泻自外太空，绝顶迷人的仙乐……我们忽然想到多年前译的一首小林一茶俳句——"在盛开的／樱花树下，没有人／是异乡客"，慈悲而美的诗与音乐，像灿开的樱花般即刻把我们浮印、安置于美的共和国温柔的护照上，再无流离失所异乡之感。我们意外地决定补做功课，动手继续阅读、翻译一茶，而后芭蕉……后来是，2019年2月结集出版了《这世界如露水般短暂：小林一茶俳句300》《但愿呼我的名为旅人：松尾芭蕉俳句300》；2019年6月《夕颜：日本短歌400》；2019年9月《春之海终日悠哉游哉：与谢芜村俳句300》；2020年3月《古今和歌集300》；续成《芭蕉·芜村·一茶：俳句三圣新译300》；《牵牛花浮世无篱笆：千代尼俳句250》……我们很想暂停一下，但似乎不能，似乎被附身了，被"诗灵"附身了，要我们好好跑这一棒，完成古往今来诗歌"家庭之旅"接力赛跑这一小段路的任务。我们不敢不从，特别因为先前我们犯了错。

二十几年前，我们跟随诸多西方学者、译者之错把我们中译的一首俳句"我去，／你留——／两个秋天"误作是与谢芜村之作，一年半前在选译《夕颜》一书里正冈子规的短歌时，才赫然发现是正冈子规之作，已经来不及在当时正要付印的我

们的诗歌笔记《诗歌十八讲》中做修正。因为这个错误，我们暗暗发愿要在此次学习之途的适当时机全力译成一本子规俳句选，将功赎罪，把错误化为"美丽的错误"。依然是上天（冷酷）的慈悲——让我们在新冠病毒笼罩、威胁世界的这几个月，勉力完成这本收子规445首俳句中译的《我去你留两秋天：正冈子规俳句400》。

还有一个意外发现（或回想）。

1993年10月，陈黎在台湾出版了一本《小宇宙：现代俳句一百首》。此次选译正冈子规俳句过程中，意外确认了陈黎《小宇宙》最前面三首俳句，应都是受子规之作所启动（难怪叫"现代俳句"！）——

他刷洗他的遥控器／用两栋大楼之间／渗透
　出的月光
（小宇宙：第1首）
我倦欲眠：／轻声些／如果你打电动
（小宇宙：第2首）
现代情诗三千首：／宾馆里／没有真实主人
　的同样的钥匙
（小宇宙：第3首）

他洗马，／用秋日海上的／落日
（夕陽に馬洗ひけり秋の海：子規1893）
我倦欲眠／轻声些／如果你打苍蝇
（眠らんとす汝静に蝿を打て：子規1897）
阅三千俳句：／啊，两颗／柿子
（三千の俳句を閲し柿二つ：子規1897）

波兰女诗人辛波斯卡在1996年诺贝尔文学奖得奖辞中说，太阳底下没有新鲜事，但诗人自己就是诞生于太阳底下的新鲜事，他所创作的诗也是太阳底下的新鲜事，因为在他之前无人写过；他所有的读者也是太阳底下的新鲜事，因为在他之前的人无法阅读到他的诗。李白写作了在他之前无人写过的诗，李贺写作了在他之前无人写过的诗，芭蕉写作了在他之前无人写过的诗，子规写作了在他之前无人写过的诗，辛波斯卡写作了在她之前无人写过的诗……

从"俳句"到"现代俳句"，啊，原来就是这么一回事！

陈黎、张芬龄

2020年4月 台湾花莲

1　山路草间——

　　一只蟋蟀

　　在睡觉

☆山路の草間に眠るきりぎりす（1878—1882）
yamamichi no / kusama ni nemuru / kirigirisu

译注：此首俳句，据推断，为正冈子规十二岁至十六岁间之作，相当"写生"。

2　树枝被修剪了，

　　曙光早早地

　　造访我的小窗

☆木をつみて夜の明やすき小窓かな（1885）
ki o tsumite / yoru no akeyasuki / komado kana

译注：此诗写于1885年夏，为正冈子规十九岁之作。

3 青丝帘后,
少女
轻摇团扇

☆小娘の団扇つかふや青簾 (1885)
komusume no / uchiwa tsukau ya / aosudare

4 初雪——
啊,无处藏
马粪

☆初雪やかくれおほせぬ馬の糞 (1885)
hatsuyuki ya / kakureōsenu / umanokuso

5   今晨雪

　　白——搞不明白

　　白猫去向

　　☆白猫の行衞わからず雪の朝（1885）
　　shironeko no / yukue wakarazu / yuki no asa

6   下雪天，

　　白猫在屋顶——

　　只闻其声

　　☆雪ふりや棟の白猫聲ばかり（1885）
　　yukifuri ya / mune no shironeko / koe bakari

7   八重樱散落
　　风中，一瓣一瓣
　　一重一重……

☆一重づゝ一重つゝ散れ八重桜（1886）
hitoezutsu / hitoezutsu chire / yaezakura

译注：八重樱，重瓣樱花之谓也。

8   晨钟响——
　　群花闻声
　　争露脸

☆さく花もつきいだしけりあけの鐘（1886）
saku hana mo / tsukiidashikeri / ake no kane

9   和散落的

    樱花纠缠不清——

    鸟的翅膀

    ☆ちる花にもつるる鳥の翼かな（1887）
    chiru hana ni / motsururu tori no / tsubasa kana

10 中秋圆月

    出——银色

    芒草花震颤

    ☆名月の出るやゆらめく花薄（1887）
    meigetsu no / deru ya yurameku / hanasusuki

11　　穿过野地虫鸣声

　　　我踏出

　　　一条小路

☆虫の音を踏み分け行くや野の小道（1887）
mushi no ne o / fumiwake yuku ya / no no komichi

译注：此诗为正冈子规第一首铅印发表的俳句。1887年8月，刊于大原其戎（1812—1889）主编的俳志《真砂志良边》。

12　　野地里的

　　　绿，被捣制成

　　　草味年糕

☆野のみとり搗込にけり草の餅（1888）
no no midori / tsukikomi nikeri / kusanomochi

译注：日文"草の餅"（亦称草饼），即艾糕，草味年糕。

13　　薄薄的叶子里

　　　朱红的滋味——

　　　啊，樱叶饼

☆薄き葉の中に朱味や桜餅（1888）
usuki ha no / naka ni shu aji ya / sakuramochi

译注：樱叶饼（日文"桜餅"），或称樱叶糕，用樱花的叶子卷起来的豆沙馅糕点。

14　　梅雨期间

　　　放晴——处处

　　　蚁路蜿蜒

☆梅雨晴やところどころに蟻の道（1888）
tsuyubare ya / tokorodokoro ni / arinomichi

译注：蚁路（日文"蟻の道"），蚂蚁取食时行走的线路。

15 夏天的叶子,
    春天的气味——
    啊,樱叶饼

    ☆夏の葉に春の匂ひやさくら餅（1888）
    natsu no ha ni / haru no nioi ya /sakuramochi

16 芭蕉光影
    映纸门——
    绿意浮动

    ☆青々と障子にうつるばせを哉（1888）
    aoao to / shōji ni utsuru / bashō kana

17 　它冲着水晶花

而来吗——

那杜鹃鸟?

☆卯の花をめかけてきたかほとゝきす
（1889）
unohana o / megakete kita ka / hototogisu

译注：1889年5月9日晚上，二十三岁的正冈子规在东京寄宿的宿舍里突然大咯血，后被诊断为肺结核。是夜他写了四五十首以"时鸟"（ほととぎす，又称布谷鸟、杜鹃鸟或子规）为题的俳句（此首及下首译诗即是），并以"杜鹃啼血"之典改笔名为"子规"。与他同年的好友夏目漱石（1867—1916），5月13日去医院探望子规后写了一封信鼓舞他，并以英文"to live is the sole end of man!"（活着是人生唯一目的！）为前书附上两首俳句——"我回去了，／要笑，不要哭啊，／杜鹃鸟"（帰ろふと泣かず笑へ時鳥），以及"无人期待／闻你啼叫、啼血啊，／子规……"（聞かふとて誰も待たぬに時鳥）。

18 要啼到水晶花

都谢了才

停吗，杜鹃鸟？

☆卯の花の散るまで鳴くか子規（1889）
unohana no / chiru made naku ka / hototogisu

译注：日文原诗中的汉字"子规"，既可指布谷鸟、杜鹃鸟（ほととぎす，音hototogisu），也可指正冈子规自己。但依俳句5—7—5音节格式度之，当解作发音占五音节的鸟。

19 那很熟练地

跳到莲叶上的

青蛙——多得意啊

☆蓮の葉にうまくのつたる蛙哉（1889）
hachisunoha ni / umaku nottaru / kawazu kana

20 雪上足印?
一定是去酒屋
或豆腐屋

☆雪の跡さては酒屋か豆腐屋か（1889）
yuki no ato / satewa sakaya ka / tōfuya ka

译注：小林一茶1821年有一首写大雪罩笼、封锁下的冬日生活俳句，可做为参照——"冬笼——以 / 豆腐屋以酒屋 / 为 防空洞"（とふふ屋と酒屋の間を冬籠）。

21　春风吹拂，多想在

　　辽阔的草地上

　　投球啊！

☆春風やまりを投げたき草の原（1890）
harukaze ya / mari o nagetaki / kusa no hara

译注：正冈子规深怀"野球诗情"，是日本最具代表性的"野球诗人"，读东京第一高等中学校时就是一名热爱棒球的"野球少年"，一生写了不少首棒球俳句。本书所译第21、22、24、25、279、344、376、426首皆是。

22　像仍不识恋爱滋味的

　　小猫，我们

　　玩着棒球

☆恋知らぬ猫のふり也球あそび（1890）
koi shiranu / neko no furi nari / tama asobi

23 行云，

　　吸雾——云雀

　　高高飞

　　☆雲をふみ霞を吸ふや揚雲雀（1890）
　　kumo o fumi / kasumi o sū ya / agehibari

24 接捕一颗球的极秘

　　暗号——

　　风中柳姿……

　　☆球うける極秘は風の柳哉（1890）
　　tama ukeru / gokuhi wa kaze no / yanagi kana

　　译注：正冈子规在棒球队中据说担任的是捕手的位置。我们都清楚看到棒球投手的重要性，但捕手更是比赛进行时一队的枢纽人物，投手投球都须接受捕手敏思、快思后给出的暗号。此处这首"极秘"捕球俳句，颇富禅意。

25 　我想在

　　开阔的春草地上

　　投球、接球……

☆まり投げて見たき広場や春の草（1890）
mari nagete / mitaki hiroba ya / haru no kusa

26 　温泉洗罢，

　　来一份三津的

　　醋拌生鱼丝吧

☆温泉上りに三津の肴のなます哉（1890）
yuagari ni / mitsu no sakana no / namasu kana

译注：此诗中的温泉是子规家乡松山有名的道后温泉，邻近的三津滨地区则以海鲜料理知名。日语"なます"（日语汉字"膾"，音namasu），指将生的鱼贝肉切成丝后，用醋泡过的菜。

27　妙哉妙哉——
牵牛花
任性开

☆朝顔や気儘に咲いておもしろき（1890）
asagao ya / kimama ni saite / omoshiroki

28　新春一盆
福寿草，夫妇
两人笑呵呵

☆ふふと笑ふ夫婦二人や福壽草（1891）
fufu to warau / fūfu futari ya / fukujusō

译注：福寿草，又称侧金盏花，日本人新年期间以其为盆栽作为装饰物。此句日文原诗中，有六个"fu"音，读起来甚具喜感、"福寿"感。原诗一开头的"ふふ"（音fufu，与"夫妇"谐音），形容喜笑颜开。

29 欲邀

蝴蝶,做我

旅途伴

☆道づれは胡蝶をたのむ旅路哉 (1891)
michizure wa / kochō o tanomu / tabiji kana

30 布谷鸟鸣唱,

啊,群山

淡绿、淡青色交融

☆山々は萌黄浅黄やほととぎす (1891)
yamayama wa / moegi asagi ya / hototogisu

31 一座座岩壁

　　一个个裂缝——

　　一朵朵山杜鹃……

☆岩々のわれめわれめや山つゞじ（1891）
iwa iwa no / wareme wareme ya / yama tsutsuji

32 紫阳花开——

　　坍塌的墙上

　　飞雨猛击

☆紫陽花や壁のくづれをしぶく雨（1891）
ajisai ya / kabe no kuzure o / shibuku ame

33 秋暮——

稻草人

也若有所失

☆案山子物言て猶淋しぞ秋の暮（1891）
kakashi monoite / nao sabishi zo / aki no kure

34 仿佛背负

夕阳——行脚僧高高的身躯

在枯野上

☆夕日負ふ六部背高き枯野かな（1891）
yūhi ou / rokubu seitakaki / kareno kana

35 月色朦胧,

牛棚里的牛

哞哞叫……

☆牛部屋に牛のうなりや朧月 (1892)
ushibeya ni / ushi no unari ya / oborozuki

36 出来关门——

结果成为

听青蛙开演唱会

☆門しめに出て聞て居る蛙かな (1892)
mon shime ni / dete kiite iru / kawazu kana

37 小香鱼,兵分

两路,奋力

逆流而上……

☆若鮎の二手になりて上りけり (1892)
wakaayu no / futate ni narite / noborikeri

译注:此诗有前书"石手川出合渡"——指子规家乡松山市内的重信川与郊外的石手川两川的合流点。春天时,生命力旺盛的"若鮎"(わかあゆ:小鲇鱼、小香鱼)在此分两路溯流而上。此诗鲜明可爱,河水的透明感与小香鱼的跃动感跃然其间。

38 只看,犹未敢

盼其绽放——

啊,梅花

☆まだ咲いてゐまいと見れば梅の花 (1892)
mada saite / imai to mireba / ume no hana

39　散

　　花美胜

　　　残花……

☆散る花は散らぬ花より美しき（1892）
chiru hana wa / chiranu hana yori / utsukushiki

译注：散花（散る花），散落之花；残花（散らぬ花），残留枝上、尚未散落之花。日本江户时代歌人、俳人良宽（1758—1831）有一俳句——"落樱，/残樱，/皆落樱……"（散る桜残る桜も散る桜），可对照读之。

40　茶屋酒屋

两无，欣见

繁花一树

☆茶屋もなく酒屋も見えず花一木（1892）
chaya mo naku / sakaya mo miezu / hana hitoki

41　大佛全身凉爽——
啊，它没有
大肠小肠纠缠

☆大仏に腸のなき涼しさよ（1892）
daibutsu ni / harawata no naki / suzushisa yo

42　夏月流银——
打烊后的鱼市场
鱼鳞四散

☆鱗ちる雑魚場のあとや夏の月（1892）
uroko chiru / zakoba no ato ya / natsu no tsuki

43　日暮——

　白帆上，夏月

　银白

　☆暮れきらぬ白帆に白し夏の月（1892）
　kurekiranu / shiraho ni shiroshi / natsu no tsuki

44　金太郎来喝，

　熊也来喝——

　啊，清水

　☆金時も熊も来てのむ清水哉（1892）
　kintoki mo / kuma mo kite nomu / shimizu kana

　译注：此诗颇富童话色彩。日文原诗中的"金时"，即坂田金时，是日本传说中的大力"怪童"，体胖面红，幼名金太郎，生长于神奈川县足柄山中，与动物为友，与熊相扑。

45　在我手中，一道
　　冷光迸出——
　　萤火虫

☆手のうらに蛍つめたき光哉（1892）
te no ura ni / hotaru tsumetaki / hikari kana

46　古池——
　　蝉壳
　　颠倒浮……

☆古池やさかさに浮ふ蝉のから（1892）
furuike ya / sakasa ni ukabu / semi no kara

47　讨厌的苍蝇!

　　想打它时

　　它偏不靠近

☆蝿憎し打つ気になればよりつかず（1892）
hae nikushi / utsu ki ni nareba / yoritsukazu

48　终夜苦盼

　　伊人抱，可叹

　　贴身唯蚊蚤

☆蚤と蚊に一夜やせたる思ひ哉（1892）
nomi to ka ni / hitoyo ya setaru / omoi kana

译注：此诗有前书"待恋"——"等待恋人"之意。终夜思念、等候情人到来而未果，唯一有成果的怕只是身上蚤、蚊咬的痕迹。

49　在老墙壁一角
　　静止不动——
　　一只怀孕的蜘蛛

☆古壁の隅に動かずはらみ蜘（1892）
furukabe no / sumi ni ugokazu / harami kumo

50　终日独钓
　　秋风中——啊，他
　　所钓为何？

☆秋風の一日何を釣る人そ（1892）
akikaze no / ichinichi nani o / tsuru hito zo

译注："孤舟蓑笠翁，独钓寒江雪"（柳宗元）——秋风中那人，所钓为何？

51　　旅行秋风中——

　　一程一程又

　　一程

☆旅の旅又その旅の秋の風（1892）
tabi no tabi / mata sono tabi no / aki no kaze

译注：此诗有前书"首途"——"在路上"之意。

52　　秋风起——

　　天狗笑

　　天狗泣

☆天狗泣き天狗笑うや秋の風（1892）
tengu naki / tengu warau ya / aki no kaze

译注：天狗，传说中住在深山，具有飞天神力的高鼻子怪物。秋风起，让人感觉多变的天候如喜怒不定的天狗。

53　台风猛烈
　　一条蛇从高高的
　　石墙上跌下

☆蛇落つる高石かけの野分哉（1892）
hebi otsuru / takaishi kake no / nowaki kana

54　采蘑菇——
　　我的声音被风
　　吹成虚空

☆我聲の風になりけり茸狩（1892）
waga koe no / kaze ni nari keri / kinokogari

55 鞋柜里头

传来鸣叫声——

一只蟋蟀

☆下駄箱の奥になきけりきりきりす（1892）
getabako no / oku ni nakikeri / kiirigirisu

56 寒风中

锅子吱吱嘎嘎

自在作响

☆凩や自在に釜のきしる音（1892）
kogarashi ya / jizai ni kama no / kishiru oto

57 天气转晴——

啊,是要让我慈母

一眺富士山雪吧

☆母樣に見よとて晴れしふじの雪(1892)
hahasama ni / miyo tote hareshi / fuji no yuki

58 十一位骑士

面向大风雪

头也不回

☆十一騎面もふらぬ吹雪かな(1892)
jūikki / omote mo furanu / fubuki kana

译注:此诗让人想起与谢芜村1768年所写俳句——"逆狂风而驰——/ 五六名骑兵 / 急奔乌羽殿"(鳥羽殿へ五六騎いそぐ野分哉),颇有"武士剧"电影的画面感。

59 啊,松树、杉树
　　——枯野中的
　　不动堂

☆松杉や枯野の中の不動堂(1892)
matsu sugi ya / kareno no naka no / fudōdō

译注:不动堂,或称不动明王堂。不动明王是保护佛教的五大明王之一,在日本宗教历史中极为重要。不动堂也可解作"坚定不动、不凋的庙堂"。

60 猫老矣,
　　被炉边赖着
　　连老鼠也不捉了

☆猫老て鼠もとらず置火燵(1892)
neko oite / nezumi mo torazu / okigotatsu

61　冬笼

　　——日记

　　录梦

☆冬籠日記に夢を書きつける（1892）
fuyukomori / nikki ni yume o/ kakitsukeru

译注：冬笼（冬日闭居、幽居），指冬日下雪或天寒时，长时间避居屋内不出门。

62　夜吃烤番薯，

　　耳闻千鸟

　　吱吱鸣

☆燒芋をくひくひ千鳥きく夜哉（1892）
yakiimo o / kuikui chidori / kiku yo kana

63 去年的梦

到今年——啊元旦

才醒

☆去年の夢さめて今年のうつつ哉（1893）
kozo no yume / samete kotoshi no / utsutsu kana

译注：此诗写于1893年元旦——昨夜除夕（大晦日）入睡做梦，梦醒，已是一月一日，新的一年！

64 全民之春——

同胞

三千九百万

☆民の春同胞三千九百萬（1893）
tami no haru / dōhō sanzen / kuhyaku man

65　幽暗春夜中

手提

小灯笼急行

☆春の夜やくらがり走る小提灯（1893）
haru no yo ya / kura gari hashiru / kochōchin

66　春日――

大佛也

昏昏欲睡

☆大仏のうつらうつらと春日哉（1893）
daibutsu no / utsurautsura to / haruhi kana

67 熄灭

纸灯笼,为看

朦胧月

☆行燈の火を消して見ん朧月 (1893)
andon no / hi o keshite min / oborozuki

68 故乡啊,

四处皆见

春山笑

☆故郷やどちらを見ても山笑ふ (1893)
furusato ya / dochira o mitemo / yama warau

69 根岸地区

啊,莺

比麻雀多

☆雀より鶯多き根岸哉(1893)
suzume yori / uguisu ōki / negishi kana

译注:子规诗中的"莺"(うぐいす),学名"日本树莺",又称短翅树莺或黄莺。"子规庵"所在的东京根岸一带,彼时仍有许多田地。因有很多日本树莺,被称为日本树莺之乡。

70 熟睡于石上之蝶啊

你梦见的是

我这个薄命人吗?

☆石に寝る蝶薄命の我を夢むらん(1893)
ishi ni neru chō / hakumei no ware o / yumemuran

71　风流

一蝶

翩翩舞……

☆ひらひらと風に流れて蝶一つ（1893）
hirahira to / kaze ni nagarete / chō hitotsu

72　蝴蝶三只

两只，一只……

啊，都分开了

☆胡蝶三つ二つ一つに分れけり（1893）
kochō mittsu / futatsu hitotsu ni / wakarekeri

73 乳钵里

啊，蚬贝

薄紫

☆すり鉢に薄紫の蜆かな（1893）
suribachi ni / usumurasaki no / shijimi kana

译注：乳钵，即研钵、擂钵。

74 一户人家

梅开五六株，还有

这里、这里……

☆家一つ梅五六本ここもここも（1893）
ie hitotsu / ume goroppon / koko mo koko mo

75 不知是

何鸟——但

梅枝摇曳……

☆何といふ鳥かしらねど梅の枝 (1893)
nan to iu / tori ka shiranedo / ume no eda

76 桃笑梅来

梅笑

桃

☆桃梅を笑へば梅も桃を笑らふ (1893)
momo ume o / waraeba ume mo / momo o warau

译注：此诗有前书"国会开议"。

77 山樱灿放,
赏花者
女比男多

☆男より女の多し山桜 (1893)
otoko yori / onna no ōshi / yamazakura

78 在钟已遭窃的
无人寺庙
樱花初绽

☆無住寺の鐘ぬすまれて初桜 (1893)
mujūji no / kane nusumarete / hatsusakura

79 樱花盛开——

用花言巧语搭讪

很容易奏效……

☆花盛りくどかば落ちん人許り（1893）
hanazakari / kudokaba ochin / hitobakari

80 松树根旁

啊，点点淡紫色

紫罗兰

☆松の根に薄むらさきの菫哉（1893）
matsu no ne ni / usumurasaki no / sumire kana

81　热啊，一根

锄头立在地上

四周不见人

☆鍬たててあたり人なき熱さ哉（1893）
kuwa tatete / atari hito naki / atsusa kana

82　天啊，天啊

天啊——

真热啊！

☆これはこれはこれはことしの熱さかな（1893）
korewa korewa / korewa kotoshi no / atsusa kana

译注：此诗日文原作连用三个"これは"（音korewa，类似天啊、哎呀之叹词），颇质朴有趣。

83 热啊——

脱光衣服

紧贴墙壁

☆裸身の壁にひつゝくあつさ哉（1893）
hadakami no / kabe ni hittsuku / atsusa kana

84 有岛就有

松，有松就有

风的凉音

☆島あれば松あり風の音涼し（1893）
shima areba / matsu ari kaze no / oto suzushi

85 凉啊,

　　绿油油稻田中

　　一棵松

☆涼しさや青田の中に一つ松（1893）
suzushisa ya / aota no naka ni / hitotsu matsu

86 凉爽哉,

　　与神佛

　　毗邻而居

☆すゝしさや神と仏の隣同士（1893）
suzushisa ya / kami to hotoke no / tonaridōshi

87 月凉——

　　蛙

　　声沸……

☆月涼し蛙の声のわきあがる（1893）
tsuki suzushi / kawazu no koe no / wakiagaru

88 凉啊，这让我

　　快意一窥千年之景的

　　风……

☆のぞく目に一千年の風涼し（1893）
nozoku me ni / issennen no / kaze suzushi

89 山野像刚被水

打湿——

凉爽啊,拂晓

☆野も山もぬれて涼しき夜明かな (1893)
no mo yama mo / nurete suzushiki / yoake kana

90 俯看

四千屋,月色中

各凉

☆見下せば月にすゝしや四千軒 (1893)
mioroseba / tsuki ni suzushi ya / yonsenken

译注:此诗有前书"福屿公园眺望",此"福屿"即今福岛。1893年7月19日,子规从东京出发往奥羽地区(日本东北地区)旅行,经千都宫、白河、二本松、安达原、福岛、浅香沼、藤原实方之墓、仙台、盐釜、松岛,越关山,进入羽前,搭船循最上川至酒田,沿海岸北行,经秋田至八郎潟转回,经大曲、六乡、汤田至黑泽,搭火车于8月20日回到东京,前后约一个月。此诗为在福岛时所作。此年恰为"芭蕉二百年忌",此行可视为向芭蕉《奥之细道》致意的诗歌朝圣之旅。

91 把屁股转向佛，

　　面对

　　一轮凉月

☆御仏に尻むけ居れば月涼し（1893）
mihotoke ni / shirimuke oreba / tsuki suzushi

92 四国爱媛乡音

　　起，如沐千里外

　　故乡熏风中……

☆国なまり故郷千里の風かをる（1893）
kuni namari / kokyō senri no / kaze kaoru

译注：此诗写于1883年夏，有前书"松山同乡会"。在东京担任日本新闻社记者的子规，出席旅居东京的爱媛县松山同乡的聚会，久违的爱媛县方言"伊予弁"（いよべん）又在耳边响起，让他觉得仿佛家乡熏风从千里外吹到身上。

93 五月梅雨——

一只青蛙在

水罐游泳

☆水瓶に蛙うくなり五月雨（1893）
mizugame ni / kawazu uku nari / satsuki ame

94 午后雷阵雨：

两三人

同撑一把伞

☆夕立や傘一本に二三人（1893）
yūdachi ya / kasa ippon ni / nisannin

95　午后骤雨——

啊，一只手拿着豆腐

快跑的人

☆夕立や豆腐片手に走る人（1893）
yūdachi ya / tōfu katate ni / hashiru hito

96　挟整个夏季

流金而下——啊，

滔滔最上川

☆ずんずんと夏を流すや最上川（1893）
zunzun to / natsu o nagasu ya / mogamigawa

97　锦缎加身,
　　庆典中的
　　牛——流汗了

　　☆錦着て牛の汗かく祭りかな（1893）
　　nishiki kite / ushi no asekaku / matsuri kana

98　游魂啊,
　　来这里乘凉
　　不要多想……

　　☆ふわふわとなき魂ここに来て涼め（1893）
　　fuwafuwa to / naki tama koko ni / kite suzume

99 穿着木屐

　　走去凉爽的

　　陆奥地区……

☆みちのくへ涼みに行くや下駄はいて（1893）
michinoku e / suzumi ni yuku ya / geta haite

译注：陆奥地区，亦称奥州，日本本州岛东北地区之古称。

100 走了又走真热，

　　停下歇息，

　　凉哉——蝉鸣

☆行けは熱し休めば涼し蝉の声（1893）
yukeba atsushi / yasumeba suzushi / semi no koe

101 啊,紫阳花——

昨日的真情

今日的谎言

☆紫陽花や昨日の誠今日の嘘(1893)
ajisai ya / kinō no makoto / kyō no uso

译注:此诗有前书"倾城赞"。倾城,指游女、妓女。

102 钟楼

已无钟——啊,

嫩叶!

☆鐘もなき鐘つき堂の若葉哉(1893)
kane mo naki / kanetsukidō no / wakaba kana

103 嵯峨夏草

绿,美人墓

何多

☆夏草や嵯峨に美人の墓多し（1893）
natsukusa ya / saga ni bijin no / haka ōshi

译注：嵯峨，在京都右京区，有许多名寺古刹。此诗让人想起俳圣芭蕉1689年的名句——"夏草：／战士们／梦之遗迹……"（夏草や兵どもが夢の跡）——美人、勇士，终归一抔土！

104 冷清的

火车站——莲花

盛开

☆蓮の花さくや淋しき停車場（1893）
hasu no hana / saku ya samishiki / teishajō

105 初秋

洗马

最上川

☆初秋の馬洗ひけり最上河（1893）
shoshū no / uma araikeri / mogamigawa

106 啊，秋风——

浮世之旅

无人知其终

☆秋風や旅の浮世の果て知らず（1893）
akikaze ya / tabi no ukiyo no / hate shirazu

107 唐月何皎皎,

葡萄美酒

夜光杯

☆葡萄の美酒夜光の杯や唐の月 (1893)
budō no bishu / yakō no hai ya / tō no tsuki

译注：唐月，唐土、唐朝之月。

108 小村白露

耀，四五户

人家

☆白露に家四五軒の小村哉 (1893)
shiratsuyu ni / ie shigoken no / komura kana

109 金银色

掠空,闪电

映西东……

☆金銀の色よ稲妻西東(1893)
kingin no / iro yo inazuma / nishi higashi

110 他洗马,

用秋日海上的

落日

☆夕陽に馬洗ひけり秋の海(1893)
sekiyō ni / uma araikeri / aki no umi

译注:此诗为1893年8月,子规奥羽之旅中,写于濒"日本海"的吹浦海岸(今山形县饱海郡游佐町)之句。陈黎1993年《小宇宙:现代俳句一百首》开卷第1首——"他刷洗他的遥控器 / 用两栋大楼之间 / 渗透出的月光"——应是子规此句的变奏。

111 白萩花

揺曳，露水

点点滴……

☆白萩のしきりに露をこぼしけり（1893）
shirahagi no / shikiri ni tsuyu o / koboshikeri

112 邻室灯

映现

芭蕉暗叶间

☆隣からともしのうつるはせを哉（1893）
tonari kara / tomoshi no utsuru / bashō kana

113 月落

江村芦花

白

☆月落て江村蘆の花白し（1893）
tsuki ochite / kōson ashi no / hana shiroshi

译注：子规年少即习汉诗，此诗可视为以汉诗写成的俳句。江村，江畔村落。

114 初冬阵雨

——奈良千年

伽蓝伽蓝

☆奈良千年伽藍伽藍の時雨哉（1893）
nara sennen / garan garan no / shigure kana

译注：奈良为日本七代帝都之所在，有诸多伽蓝（寺院）。此诗叠用"伽蓝"一词，象其多也。芭蕉有一首俳句"奈良——／七重七堂伽蓝／八重樱……"（奈良七重七堂伽蓝八重樱）——伽蓝外亦咏赞樱花。

115 木屐

送別草鞋客，雪上

留足印

☆雪の跡木履草鞋の別れかな（1893）
yuki no ato / bokuri zōri no / wakare kana

116 旅人啊前行，

枯野有

蜜柑等待你

☆旅人の蜜柑くひ行く枯野哉（1893）
tabibito no / mikan kuiyuku / kareno kana

117　纸衣——

啊，俳谐

精神的体现！

☆俳諧のはらわた見せる紙衣かな（1893）
haikai no / harawata miseru / kamiko kana

译注：纸衣，用日本纸做成的轻且保温性佳的衣服，常为贫穷人家所用——某种程度上，体现了俳句作者简单自在、安贫乐道的精神。俳人且可将俳句写于纸衣上，自我展示、自我娱悦。

118　东篱菊枯

晾布袜——

今日天气佳！

☆菊枯て垣に足袋干す日和哉（1893）
kiku karete / kaki ni tabi hosu / hiyori kana

译注："采菊东篱下，悠然见南山"——秋后无菊可赏，天气好时篱笆上起码可以晒晒短布袜，也算初冬一景！

119 冬笼：

吾妹一人

劈柴

☆薪をわるいもうと一人冬籠（1893）
maki o waru / imōto hitori / fuyugomori

译注：子规的妹妹正冈律（1870—1941），小他三岁。1885年时嫁给陆军军人恒吉忠道，两年后离婚；1889年再度结婚，嫁给松山中学校教师中掘贞五郎，十个月后据说为了照顾咯血的子规而又离婚。1892年11月，与母亲八重一起到东京与子规同住，日夜照料其起居。有病在身的子规对于自己四肢不勤，劳其妹于"冬笼"寂寥时日中独自劈柴，颇感歉疚与不舍。生命后期缠绵病榻的子规，因其妹律无私之奉献、看护，得以以病室为书斋，创作不懈。

120 故乡远兮,一年

又过——卖春游女

身在京都春色中

☆傾城の古郷遠し京の春 (1894)
keisei no / furusato tōshi / kyō no haru

121 二月到,

一村梅花

全数开

☆一村の梅咲きこぞる二月哉 (1894)
isson no / ume saki kozoru / nigatsu kana

122 春日昼长——

上百个工人在

挖土

☆百人の人夫土掘る日永哉（1894）
hyakunin no / ninpu tsuchi horu / hinaga kana

123 春风

吹山紫，又吹

春水青

☆春風や山紫に水青し（1894）
harukaze ya / yama murasaki ni / mizu aoshi

124　春野上

何故

人来人往？

☆春の野や何に人行き人帰る (1894)
haru no no ya / nani ni hito yuki / hito kaeru

125　小香鱼微微动

小香鱼微微动，啊

小香鱼闪闪发光……

☆小鮎ちろ小鮎ちろ小鮎ちろりちろり (1894)
koayu chiro / koayu chiro / koayu chirori chirori

译注：此诗有前书"小香鱼往前奔"，颇鲜活地叠用三次"小鮎ちろ"（koayu chiro），达成小香鱼们用尽"小"力气，竞相溯流而上的生动、有趣画面。

126 园城寺梅花开,

诗僧、酒僧

突然多了起来

☆詩僧あり酒僧あり梅の園城寺(1894)
shisō ari / sakesō ari ume no / onjōji

译注:园城寺,俗称三井寺,位于今滋贺县大津市,日本四大佛寺之一。俳人上岛鬼贯(1661—1738)有一名句——"樱花散尽,/重归清闲、无聊——/啊,园城寺"(花散りて又閑かなり園城寺)。樱花、梅花盛开时,来此寺朝拜,希望立地成僧、成佛的四方香客酒客、诗人墨客,自是络绎不绝。

127 松青、梅白,

这是

谁家柴门?

☆松青く梅白し誰が柴の戸ぞ (1894)
matsu aoku / ume shiroshi dare ga / shibanoto zo

128 渡口桃花开——

载人、载牛

闹哄哄

☆人載せて牛載せて桃の渡し哉 (1894)
hito nosete / ushi nosete momo no / watashi kana

129 纳凉

爽就好——姿势好不好看

没关系!

☆涼しさや人さまさまの不恰好(1894)
suzushisa ya / hito samasama no / bukakkō

译注:此诗有前书"夕颜棚下纳凉",描写子规诸弟子在"子规庵"听其讲诗后,小庭园中纳凉情状。是颇搞笑、有趣的一首"怪俳"。

130 有新绿嫩叶的房子,有新绿嫩叶的房子,

有新绿嫩叶的房子……

☆家あつて若葉家あつて若葉哉(1894)
ie atte / wakaba ie atte / wakaba kana

译注:日本东海道铁路于1889年全线通车。子规此诗写于1894年夏天。火车上看窗外风景,一家一家疾驰而过,让人心头愉悦,充满跃动感。

131 小和尚,

秋夜漫漫,你

何事烦恼?

☆小坊主や何を夜長の物思ひ (1894)
kobōzu ya / nani o yonaga no / mono omoi

132 紫阳花——

啊,秋雨决定你

何种蓝

☆紫陽花や青にきまりし秋の雨 (1894)
ajisai ya / ao ni kimari shi / aki no ame

133 两脚踏出

禅寺门,千万星光

在头顶

☆禪寺の門を出づれば星月夜(1894)
zendera no / mon o izureba / hoshizukiyo

134 虽言命轻

如露水,但请

生龙活虎归!

☆生きて歸れ露の命と言乍ら(1894)
ikite kaere / tsuyu no inochi to / ii nagara

译注:此诗有题"送从军者"。

135　筑波秋空

无云——红蜻蜓

浪来浪去

☆赤蜻蛉筑波に雲もなかりけり （1894）
akatonbo / tsukuba ni kumo mo / nakarikeri

译注：筑波，位于茨城县西南部。其名胜筑波山，有俗称男体山、女体山之男神、女神二峰。

136　运河上，一只蜻蜓

以九十度

端端正正回转

☆堀割を四角に返す蜻蛉哉 （1894）
horiwari o / shikaku ni kaesu / tonbo kana

137 草花缤纷开，

　　无名

　　小川水清清

☆草花や名も無き小川水清し（1894）
kusabana ya / na mo naki ogawa / mizu kiyoshi

138 我在被炉旁

　　烘染你

　　行脚之姿

☆われは巨燵君は行脚の姿かな（1894）
ware wa kotatsu / kimi wa angya no / sugata kana

译注：此诗有前书"面对芭蕉翁像"。比之一生四处行吟、漂泊在外的俳圣芭蕉，正冈子规嘲笑自己是有病在身，靠被炉取暖、写作的室内卧游者。

139　纪元二千五百五十五年哉

☆紀元二千五百五十五年哉（1895）
kigen nisen / gohyaku gojūgo / nen kana

译注：此诗为1895年新年之作，全句以12个汉字写成一首17音节"日本俳句"。此处"纪元"，指"神武天皇即位纪元"，简称"皇纪"，是日本的纪年方式之一，以神话中第一代天皇神武天皇的即位年开始起算，比现行公历早660年。皇纪2555年即公元1895年。

140　手持一枝

梅——梅香

贺新年！

☆梅提げて新年の御慶申しけり（1895）
ume sagete / shinnen no gyokei / mōshikeri

译注：此诗写于1895年新年。

141 正月里——

众人群聚

听落语

☆正月の人あつまりし落語かな（1895）
shōgatsu no / hito atsumarishi / rakugo kana

译注：落语（らくご），日本曲艺场演出的一种单口相声，以诙谐的语句加上动作逗观众发笑。此词始于1887年。子规本人即为"落语迷"。

142 小巷里，少女们

玩羽毛毽的

笑声，清亮可闻

☆遣羽子の笑ひ聞ゆる小道かな（1895）
yaribane no / warai kikoyuru / komichi kana

译注："遣羽子"（やりばね）是日本新年时玩的一种游戏，用羽子板（はごいた）与对手拍打羽毛毽（羽子：はご），和打羽毛球类似。

143 城春——

昔乃

十五万石之城也

☆春や昔十五万石の城下哉（1895）
haru ya mukashi / jūgoman goku no / jōka kana

译注：此诗写于1895年春，是子规追怀、颂叹其家乡松山之句。松山在江户时代，曾是税收十五万石的"伊予松山藩"行政中心所在的繁华城。今昔对照，颇有"城春草木深……"似的喟叹。

144 春夜——

啊，要如何转移

我的心思……

☆何として春の夕をまぎらさん（1895）
nanitoshite / haru no yūbe o / magirasan

145　春日昼长——

沙滩上

长长长长的足印

☆砂浜に足跡長き春日かな（1895）
sunahama ni / ashiato nagaki / haruhi kana

146　春日

把云安置在大佛

膝上

☆大仏の膝に雲おく春日哉（1896）
daibutsu no / hiza ni kumo oku / haruhi kana

147 春雨

舟中，有女

伫立

☆春雨の舟にイむ女かな（1895）
harusame no / fune ni tatazumu / onna kana

148 看，

孔雀在

春风中开屏展现尾羽……

☆春風に尾をひろげたる孔雀哉（1895）
harukaze ni / o o hirogetaru / kujaku kana

149　雾中

　　大船拖

　　小舟

　　☆大船の小舟引き行く霞哉（1895）
　　ōbune no / kobune hikiyuku / kasumi kana

150　回头看──

　　擦身而过的那人

　　已隐入雾中

　　☆かへり見れば行きあひし人の霞みけり（1895）
　　kaerimireba / yuki aishi hito no / kasumikeri

151 一桶靛蓝

春江

流……

☆一桶の藍流しけり春の川 （1895）
hitooke no / ai nagashikeri / haru no kawa

152 涅槃图里

有一人

在笑！

☆涅槃像仏一人は笑ひけり （1895）
nehanzō / hotoke hitori / waraikeri

译注：涅槃图，又称涅槃像，指刻绘释迦牟尼佛入于涅槃（入灭、圆寂）状况之绘画或雕刻。一般而言，图中所见之众皆悲伤哭泣。

153　无女儿节偶人
——酒店桃花开
同座皆男士！

☆雛もなし男許りの桃の宿（1895）
hina mo nashi / otoko bakari no / momo no yado

译注：此诗写于1895年3月3日，当天日本新闻社同仁酒宴，为子规赴海外采访送行，参加者有男士十位，而无女性。子规自嘲地写了此首俳句。3月3日为日本的"女儿节"，亦称"偶人节"，女孩们在此日备偶人、点心、白酒、桃花为祭物，祈求幸福。子规3月3日从东京出发，但中间又绕回家乡松山等候，直到4月10日才从广岛出帆。

154 真恐怖啊，

热恋中的猫居然

把石墙弄塌了

☆おそろしや石垣崩す猫の恋（1895）
osoroshi ya / ishigaki kuzusu / neko no koi

155 瓶插红梅，

同吟俳句

僧俗十五人

☆僧や俗や梅活けて発句十五人（1895）
sō ya zoku ya / ume ikete hokku / jūgonin

译注：此诗写于1895年3月，有前书"松山松风会俳席"。

156 一个小巷接

一个小巷,啊

皆梅花!

☆横町の又横町や梅の花(1895)
yokochō no / mata yokochō ya / ume no hana

157 红梅艳放——

被藏在深闺的少女,

发情的雌猫

☆紅梅や秘蔵の娘猫の恋(1895)
kōbai ya / hizō no musume / neko no koi

¹⁵⁸ 柳樱柳樱柳樱柳樱——
如是
相间栽

☆柳桜柳桜と栽ゑにけり （1895）
yanagi sakura / yanagi sakura to / uenikeri

159 公鸡一声啼,

小富士山麓

桃花红灿灿

☆鶏鳴くや小冨士の麓桃の花（1895）
torinaku ya / kofuji no fumoto / momo no hana

译注：小富士山，位于子规家乡松山西方的兴居岛上，海拔280米。

160 故乡啊,

桃花灿开

表堂兄弟姊妹多

☆故郷はいとこの多し桃の花（1895）
furusato wa / itoko no ōshi / momo no hana

161　用望远镜寻
　　　山脊上
　　　樱花

　　　☆山の端の桜尋ねん遠眼鏡（1895）
　　　yamanoha no / sakura tazunen / tōmegane

162　浮世
　　　樱花开，人间
　　　满笑声

　　　☆世の中は桜が咲いて笑ひ声（1895）
　　　yononaka wa / sakura ga saite / waraigoe

163 樱花飘散,
对饮
两三人

☆散る花に又酒酌まん二三人（1895）
chiru hana ni / mata sake kuman / nisannin

164 樱花
落,水
南流……

☆花散つて水は南へ流れけり（1895）
hana chitte / mizu wa minami e / nagarekeri

165 在澡堂的
雾气里,闲聊
上野樱花……

☆銭湯で上野の花の噂かな (1895)
sentō de / ueno no hana no / uwasa kana

166 雾霭蒙蒙——

大国的山皆

低低的……

☆大国の山皆低きかすみ哉（1895）
taikoku no / yama kai hikuki / kasumi kana

167 战争后
崩塌的屋舍间
梨树开花

☆梨咲くやいくさのあとの崩れ家（1895）
nashi saku ya / ikusa no ato no / kuzure ie

168 隐藏于
春草间——
战士的尸体

☆なき人のむくろを隠せ春の草（1895）
nakihito no / mukuro o kakuse / haru no kusa

169 春日昼长,
一头驴子被鞭影追着
向前行

☆永き日や驢馬を追ひ行く鞭の影 (1895)
nagakihi ya / roba o oiyuku / muchi no kage

170 月映梨花,
秋千影
静

☆鞦韆の影静かなり梨花の月 (1895)
shūsen no / kage shizukanari / rika no tsuki

译注：此诗可视为苏轼《春宵》一诗（"春宵一刻值千金，花有清香月有阴，歌管楼台声细细，秋千院落夜沉沉"）的俳句变奏。

171 寺庙庭院

远眺

啊六月海

☆六月の海見ゆるなり寺の庭（1895）
rokugatsu no / umi miyuru nari / tera no niwa

译注：1895年5月，子规在回国的船上咯血，5月23日入神户医院，经两个月治疗，7月23日转至须磨疗养院继续疗治。7月24日，子规至须磨寺参拜，此诗与下一首诗（第172首）即写成于此。诗中的六月为阴历六月，阳历的7月。

172 拂面而来

——六月奇丽

奇丽的风

☆六月を奇麗な風の吹くことよ（1895）
rokugatsu o / kireina kaze no / fuku koto yo

译注：日文"奇麗"（きれい），即美丽之意。正冈子规从阴历六月夏日丽风里，感觉到生命复苏之意。

173 好热啊！

一个女人

出现一堆男人中

☆男許り中に女のあつさかな（1895）
otoko bakari / naka ni onna no / atsusa kana

174 凉哉,

透过石灯笼的洞

看海

☆涼しさや石燈籠の穴も海（1895）
suzushisa ya / ishidōrō no / ana no umi

175 松针间

帆船映眼——

凉啊

☆涼しさや松の葉ごしの帆掛船（1895）
suzushisa ya / matsu no hagoshi no / hokakebune

176 凉啊,

　　雨中一只螃蟹

　　松树上爬

☆涼しさや松這ひ上る雨の蟹（1895）
suzushisa ya / matsu hainoboru / ame no kani

177 熏风拂我裸体

　　——唯一的

　　遮蔽物：松影

☆薰風や裸の上に松の影（1895）
kumpū ya / hadaka no ue ni / matsu no kage

译注：日语"薰風"（くんぷう），吹送绿叶之香的初夏之风，即和风、南风。

178 荷兰人的船,
帆很多——
啊,仿佛云峰

☆帆の多き阿蘭陀船や雲の峯(1895)
ho no ōki / orandasen ya / kumo no mine

179　五月连绵雨啊,

未来两日

切勿下!

☆この二日五月雨なんど降るべからず (1895)
kono futsuka / samidare nando / furu bekarazu

译注:此诗有前书"为母亲要回东京而作"。1895年5月,归国途中咯血的子规紧急入神户医院救治,6月4日,母亲正冈八重(1845—1927)由子规弟子河东碧梧桐(1873—1937)陪同,从东京来到神户,担任子规的看护。6月28日,八重回睽违三年的松山,7月9日与碧梧桐一起由松山回东京。"五月雨"连绵,孝亲的子规特别写此诗,祈求上天放晴两日,让母亲一路顺畅返抵东京家中。据官方记录,1895年7月8日东京天候"快晴",9日"晴",10日"快晴",11日、12日"雨"——今日回顾,子规果然"孝心感天"!

180 夏山——

啊,万绿丛中

一桥红

☆夏山や万象青く橋赤し(1895)
natsuyama ya / bansho aoku / hashi akashi

181 夏山

夏水

任我游!

☆何処へなりと遊べ夏山夏の川(1895)
doko e nari to / asobe natsuyama / natsu no kawa

译注:此诗写于1895年夏。在须磨疗养的子规,脱离险境后,病床上亦觉夏日山光水影充满生命力。

182 换了夏衣——

有点冷

但觉气爽

☆更衣少し寒うて気あひよき（1895）
koromogae / sukoshi samūte / kiai yoki

183 虽然夏日消瘦，

我还是一个

食量大的男人啊

☆夏痩せて大めし喰ふ男かな（1895）
natsu yasete / ōmeshi kurau / otoko kana

184　夏日消瘦——

但我的睾丸

无动于衷

☆夏痩やきん丸許り平気也（1895）
natsuyase ya / kin maru bakari / heiki nari

译注：子规此诗颇戏谑、惊人。他的前辈小林一茶，大胆地把屁、尿、屎这些体垢写入俳句，卧病在床，日日亲密审视自己六尺之躯的子规，更进一步地把男性器官睾丸写进俳句里。原诗里的"きん丸"（金丸）为睾丸的代称——子规在多首俳句里（譬如下一首里）直接用了此词。

185 啊,睾丸是个

累赘的邪魔,让我

热暑不得凉!

☆睾丸の邪魔になつたる涼み哉(1895)
kōgan no / jama ni nattaru / suzumi kana

译注:活了不到三十五岁,罹患肺结核、脊椎骨疽,长时间卧病的正冈子规,和活了六十五岁,几度中风的小林一茶,各有其生命悲苦处。1813年,五十一岁的一茶躺在家乡床铺上写了一首俳句——"躺着/像一个'大'字,/凉爽但寂寞啊"(大の字に寝て涼しさよ淋しさよ)——彼时单身的他虽感寂寞,但尚未逢中风之苦,躺下来后身体"大器"仍是凉的。而溽暑卧床、行动不便的子规,就无法像一茶般,大剌剌摊开四肢或五肢,让全身清凉了。

186 告诉他们——

我只不过在须磨海边

睡个午觉……

☆ことづてよ須磨の浦わに昼寝すと（1895）
kotozute yo / suma no urawa ni / hirunesu to

译注：此诗有前书"请东归的虚子遗此信息予东部诸友"，是1895年夏天在须磨疗养的子规写给来探访他的门人兼好友高滨虚子（1874—1959），托其传讯之作。

187 午后

小睡，世间重荷

轻轻卸

☆世の中の重荷おろして昼寝哉（1895）
yononaka no / omoni oroshite / hirune kana

188 投了二文钱
　　　借寺庙檐下
　　　纳凉

　　　☆二文投げて寺の椽借る涼み哉（1895）
　　　nimon nagete / tera no en karu / suzumi kana

189 佛，也把
　　　门打开
　　　纳凉

　　　☆御仏も扉をあけて涼みかな（1895）
　　　mihotoke mo / tobira o akete / suzumi kana

190 故乡啊,
父母皆安
寿司好滋味

☆ふるさとや親すこやかに鮓の味（1895）
furusato ya / oya sukoyakani / sushi no aji

191 仓房中
蝙蝠
飞声暗

☆蝙蝠の飛ぶ音暗し蔵の中（1895）
kōmori no / tobu oto kurashi / kura no naka

192 布谷鸟啊,

说教的歌声

耳朵听了会变脏……

☆説教にけがれた耳を時鳥（1895）
sekkyō ni / kegareta mimi o / hototogisu

193 星星点点

飞舞于小舟两边——

啊，萤火虫

☆すよすよと舟の側飛ぶ蛍かな（1895）
suyosuyo to / fune no soba tobu / hotaru kana

194　鸣声乍停——

啊,我看到

一只飞蝉

☆鳴きやめて飛ぶ時蟬の見ゆる也 (1895)
nakiyamete / tobutoki semi no / miyuru nari

195　蜗牛——

挺着大触角为饵

勾引雨云

☆蝸牛や雨雲さそふ角のさき (1895)
dedemushi ya / amagumo sasou / tsuno no saki

196 火车驶过——

　　烟雾回旋于

　　新叶丛中

　　☆汽車過ぎて煙うづまく若葉哉（1895）
　　kisha sugite / kemuri uzumaku / wakaba kana

197 无人的树荫下

　　一张椅子——

　　松针散落

　　☆人もなし木陰の椅子の散松葉（1895）
　　hito mo nashi / kokage no isu no / chirimatsuba

198 新竹

四五枝,庭院一角

舞青嫩

☆若竹や四五本青き庭の隅 (1895)
wakatake ya / shigohon aoki / niwa no sumi

199 罂粟花开——

啊,花开日也是

花谢风中日

☆芥子咲いて其日の風に散りにけり (1895)
keshi saite / sono hi no kaze ni / chirinikeri

200 病起,

倚杖対

千山万岳之秋

☆病起杖に倚れば千山萬嶽の秋（1895）
yamai oki / tsue ni yoreba senzan / bangaku no aki

201 秋风——

啊,你与我活着,

相见

☆秋風や生きてあひ見る汝と我(1895)
akikaze ya / ikite aimiru / nare to ware

译注:此诗写于1895年8月,诗中的"我"为子规,"你"为子规久未谋面,亦自海外归来之友人五百木瓢亭(1871—1937)。子规咯血命危,于神户、须磨疗养后侥幸存活。1895年8月20日出院回松山养病,途中于冈山过一夜,访暂居此的瓢亭,感慨而有此诗。子规曾将两人相逢之事,以"梦乎?"为题写成一文发表。此诗读后令人悯然,可与俳圣芭蕉1685年所写之句——"廿年异地重逢 / 两命之间 / 一场樱花人生"(命二つの中に生きたる桜哉)参照体会。

202 出门

十步，秋日

海阔

☆門を出て十歩に秋の海廣し（1895）
mon o dete / juppo ni aki no / umi hiroshi

203 十月海上风平

浪静，运载

蜜柑的船悠缓

☆十月の海は凪いだり蜜柑船（1895）
jūgatsu no / umi wa naidari / mikanbune

204 鱼腥味中
渔村村民,月下
齐舞踊

☆生臭き漁村の月の踊かな(1895)
namagusaki / gyoson no tsuki no / odori kana

205 插妥桔梗花——
乐以此处
为我临时书斋

☆桔梗活けてしばらく假の書齋哉(1895)
kikyō ikete / shibaraku kari no / shosai kana

译注:此诗写于1895年秋,有前书"借漱石寓所一间房住宿"。罹患肺结核的正冈子规,7月间在须磨疗养院疗后,8月回到家乡松山,借住于在松山中学校任教的夏目漱石寓所"愚陀佛书斋",子规住一楼,漱石住二楼,前后逾五十日。

206 我的命——

抽到的签说

秋风也

☆身の上や御籤を引けば秋の風（1895）
minoue ya / mikuji o hikeba / aki no kaze

译注：此诗写于1895年9月20日，为子规于松山石手寺抽签后所作。

207 秋风凉，

水草之花

依然白

☆水草の花まだ白し秋の風（1895）
mizukusa no / hana mada shiroshi / aki no kaze

译注：此诗写于1895年9月20日。

208 旧时武士家

　　今日成田地——

　　啊，秋茄子

☆武家町の畠になりぬ秋茄子（1895）
buke machi no / hatake ni narinu / akinasubi

译注：此诗写于1895年9月21日。

209 我怀疑一只牛

　　把那些曼珠沙花的

　　叶子吃光了

☆ひよつと葉は牛が喰ふたか曼珠沙花（1895）
hyotto ha wa / ushi ga kurauta ka / manjushage

译注：此诗写于1895年9月21日。曼珠沙花，另有彼岸花、天上之花、龙爪花、石蒜等名称。

210　烟火结束——

　　人散

　　天暗

　　☆人かへる花火のあとの暗さ哉（1885）
　　hito kaeru / hanabi no ato no / kurasa kana

211　打死蜘蛛后益觉

　　清凉寂寞——

　　啊，寒夜

　　☆蜘殺すあとの淋しき夜寒哉（1895）
　　kumo korosu / ato no samishiki / yosamu kana

212 前厅的灯

也熄了……

夜其寒哉

☆次の間の灯も消えて夜寒哉（1895）
tsuginoma no / tomoshi mo kiete / yosamu kana

213 长夜

读《水浒传》——

妙哉

☆長き夜の面白きかな水滸傳（1895）
nagaki yo no / omoshiroki kana / suikoden

214 漫漫长夜——

猴子盘算着怎样把

月亮摘下

☆長き夜を月取る猿の思案哉（1895）
nagaki yo o / tsuki toru saru no / shian kana

215 秋风中

下马

问川名

☆馬下りて川の名問へば秋の風（1895）
uma orite / kawa no na toeba / aki no kaze

216 二三匹马

既系，新酒

一坛同欢！

☆二三匹馬繋ぎたる新酒かな（1895）
nisan biki / uma tsunagitaru / shinshu kana

217 稻穗耀金，

温泉街区底下

两百户人家

☆稲の穂に温泉の町低し二百軒（1895）
ine no ho ni / yu no machi hikushi / nihyakken

译注：此诗有前书"鷺谷眺望"，所写温泉即子规家乡"道后温泉"。1895年10月6日，子规与夏目漱石来此共游而有此作。

218 秋风起兮——

　　烟花巷

　　在十步外

☆色里や十歩はなれて秋の風（1895）
irozato ya / juppo hanarete / aki no kaze

译注：此诗有前书"道后宝严寺"，是子规1895年10月6日与夏目漱石同访道后温泉附近宝严寺后所作。"色里"，烟花巷，花柳街。

219 木槿花盛开——

　　家家户户

　　织布声……

☆花木槿家ある限り機の音（1895）
hana mukuge / ie aru kagiri / hata no oto

译注：1895年10月7日，子规乘人力车（黄包车）前往今出，访俳人、企业家村上霁月（1869—1946）后写成此诗。今出，在今松山市西垣生町，昔以产"鹿折"（かすり，或称"絣"：碎白点花纹布）出名。

220 我去，

你留——

两个秋天

☆行く我にとどまる汝に秋二つ（1895）
yuku ware ni / todomaru nare ni / aki futatsu

译注：1895年8月，二十九岁的正冈子规因肺结核回家乡松山疗养，借住于友人夏目漱石寓所，从8月27日至10月17日共五十二日。辞别漱石要回东京之际，他写下此首名作，回应漱石赠他的"送子规回东京"之句——"起身回乡，／你当先起身／菊下共饮新酒"（御立ちやるか御立ちやれ新酒菊の花）。漱石赠诗中刻意使用了两次"立ち"（起身、出发、开始之意）。子规也以"二"大做文章，可谓妙来妙往。深秋别离，"我去，你留"明明是同一个秋天、同一年之事，却说有"两个秋天"。我们当然可以将之解释成"你守着松山的秋天，而我奔赴东京之秋"。但我们觉得此诗另有一种独特的"数学美"——子规不直言秋日离别之愁，却避重就轻，透过被离愁、思念重压、扭曲了的"数学头脑"算出奇怪的总数：我离开此地的"今年秋天"+ 你留在此地的"今年秋天"="两个秋天"。因为你我双重的离愁，秋天加倍有感！这样的数学奇才，可媲美昔人的"一日不见，如隔三秋"。

221 秋暮——

十一人中,一人

独去

☆十一人一人になりて秋の暮(1895)
jūichinin / hitori ni narite / aki no kure

译注:1895年10月18日——子规别家乡松山回东京前夕,子规指导的松山俳社"松风会"会员十人前来与子规举杯送行。十人离开后,子规写了此诗(以及下面第222首)。此后再也不曾回松山。

222 桔梗花灿时来

菊花绽放时去——

啊,来去何匆匆……

☆せわしなや桔梗に來り菊に去る(1895)
sewashina ya / kikyō ni kiri / kiku ni saru

223 秋去也——

再一次，我被

呼为"旅人"

☆行く秋のまた旅人と呼ばれけり （1895）
yuku aki no / mata tabibito to / yobarekeri

译注：此诗有前书"离开松山之际"，为1895年10月正冈子规结束在家乡松山五十余日停留，要回东京时所咏。此诗让人想起俳圣芭蕉1687年所写名句——"但愿呼我的名为 / '旅人'—— / 初冬第一场阵雨"（旅人と我が名呼ばれん初時雨）。

224 秋去也——

我无神，

无佛

☆行く秋の我に神無し佛無し （1895）
yuku aki no / ware ni kami nashi / hotoke nashi

225　秋深,

　　奈良小寺

　　钟响

☆行く秋や奈良の小寺の鐘を撞く（1895）
yukuaki ya / nara no kodera no / kane o tsuku

226　秋

　　深——

　　奈良诸古寺古佛

☆行く秋や奈良は古寺古佛（1895）
yukuaki ya / nara wa furudera / furuhotoke

227 柿子

入我口，钟鸣

法隆寺……

☆柿食へば鐘が鳴るなり法隆寺（1895）
kaki kueba / kane ga narunari / hōryūji

译注：此诗有前书"法隆寺茶店小憩"，可说是正冈子规最有名的俳句。1895年10月19日，结束了在家乡近两个月疗养生活，与夏目漱石等友人辞别后的子规，黎明时分于松山三津滨登船，经广岛、须磨、大阪、奈良等地，于10月31日回到东京。途中于奈良，顺路参访了东大寺周边、药师寺、法隆寺等处，此首俳句即此际写成。法隆寺兴建于607年，是世界上现存最古老的木造建筑。子规此诗既简单又暧昧，让一代代学者、读者困惑、思索不已——寺庙之"古"，对照鲜明在眼前的"今"日之柿；味觉的、视觉的、张口咬红柿的"刹那"，对照听觉的、空间的、悠远"恒久"的寺庙钟声；公共的、珍贵的世界文化遗产，对照（子规）个人珍爱、嗜食的柿子此一小物——一静一动、一宏一微之间，俳句的火花如是迸出！夏目漱石曾作过一首"建长寺/钟鸣，银杏/纷纷落……"（鐘つけば銀杏ちるなり建長寺），刊于同年9月6日的《海南新闻》。

228 破败

贫乏寺前：啊一株

芭蕉

☆破れ盡す貧乏寺の芭蕉哉（1895）
yare tsukusu / binbōdera no / bashō kana

229 冬已至——

今年与病斗，苦读

古书两百卷

☆冬や今年我病めり古書二百卷（1895）
fuyu ya kotoshi / ware yameri kosho / nihyakukan

230 阴历十月小阳春——

窗户大开

远眺上野山光

☆あけ放す窓は上野の小春哉（1895）
akehanasu/ mado wa ueno no / koharu kana

译注：此诗有前书"病后"，为1895年11月之作。养病松山两个月的子规，回到东京根岸"子规庵"，大开病床边之窗，欣然眺望不远处的上野山。

231 大年三十——

青瓷之瓶

插梅花！

☆梅活けし青磁の瓶や大三十日（1895）
ume ikeshi / seiji no kame ya / ōmisoka

232 大年三十,

梅花插就——

待君临寒舍

☆梅活けて君待つ庵の大三十日 (1895)
ume ikete / kimi matsu io no / ōmisoka

译注:此诗有前书"漱石约好来访"。漱石即夏目漱石。日文"大三十日"(大年三十),又称大晦日,乃一年最后一天。

233 大年三十——

漱石来了,

虚子也来了!

☆漱石が來て虚子が來て大三十日 (1895)
sōseki ga / kite kyoshi ga kite / ōmisoka

译注:此诗有前书"漱石、虚子来访"。夏目漱石与高滨虚子是子规的挚友,1895年12月31日——岁末之日,两人一同来访在东京根岸的子规庵,让病床上的子规大喜。

234 初冬阵雨——今夜

搭火车,过

富士山又过足柄山

☆汽車此夜不二足柄としぐれけり (1895)
kisha kono yo / fuji ashigara to / shigurekeri

译注:足柄山,在神奈川县和静冈县交界处,是"金太郎传奇"的发源地。关于金太郎,参阅本书第44、436首。

235 夜雪纷飞——

金殿

灯火细

☆金殿のともし火細し夜の雪 (1895)
kinden no / tomoshibi hososhi / yoru no yuki

236　大佛的

　　一只臂膀上，雪

　　融解了

　　☆大佛の片肌雪の解けにけり（1895）
　　daibutsu no / katahada yuki no / tokenikeri

237　冬夜月光下

　　树影晃动，

　　仿佛我身影

　　☆木の影や我影動く冬の月（1895）
　　ki no kage ya / waga kage ugoku / fuyu no tsuki

238 寒月下

　　石塔之影

　　杉之影

　　☆寒月や石塔の影杉の影（1895）
　　kangetsu ya / sekitō no kage / sugi no kage

239 岁末大扫除——

　　神与佛也在

　　草地上排排坐

　　☆煤拂や神も佛も草の上（1895）
　　susuhaki ya / kami mo hotoke mo / kusa no ue

240 我妹妹

　　用锯子锯炭——

　　两手全黑

☆鋸に炭切る妹の手ぞ黒き（1895）
nokogiri ni / sumi kiru imo no / te zo kuroki

241　冬笼——

唐土之春

奈良秋

☆唐の春奈良の秋見て冬籠（1895）
kara no haru / nara no aki mite / fuyukomori

译注：1895年5月23日，子规因在从中国（"唐土"）回国的船上咯血，入神户医院，病况严重。7月23日，转至须磨疗养院疗治。8月出院后回到家乡松山，8月27日起借住于任教松山中学校的友人夏目漱石寓所"愚陀佛书斋"，前后五十二日。10月末回东京，途中经奈良，访东大寺周边、药师寺、法隆寺等处。本书第220首"我去你留"名句、第227首"法隆寺"名句即写于此际。11月之后"冬笼"幽居东京家中的子规，回想自己这剧烈变动的一年，动人地将之凝缩成此首俳句。

242 我决定了——

有山茶花处，就是

我的书斋

☆山茶花のここを書齋と定めたり（1895）
sazanka no / koko o shosai to / sadame tari

243 元旦日——

无是无非，唯

有情众生也

☆元日は是も非もなくて衆生也（1896）
ganjitsu wa / ze mo hi mo nakute / shujō nari

244 春日昼长——

舟与岸

对话不完

☆舟と岸と話して居る日永哉（1896）
fune to kishi / to hanashiteiru / hinaga kana

245 一轮鸢尾花

春暮

色更白

☆いちはつの一輪白し春の暮（1896）
ichihatsu no / ichirin shiroshi / haru no kure

246 春夜——

没有妻子的男人

读什么?

☆春の夜や妻なき男何を読む(1896)
haru no yo ya / tsuma naki otoko / nani o yomu

译注：诗中"没有妻子的男人"，或即一生单身的子规的自况、自嘲——有妻子的男人，春夜读妻都读不完了，何须翻书？而且说不定还"读她千遍也不厌倦"呢。

247 春雨——

渡船上，伞

高高低低……

☆春雨や傘高低に渡し舟(1896)
harusame ya / kasa takahiku ni / watashibune

248 洒落

春风中……多红啊

我的牙粉

☆春風にこぼれて赤し歯磨粉（1896）
harukaze ni / koborete akashi / hamigakiko

译注：子规晨起预备刷牙，一阵风突来，把红色的牙粉吹散四处，遂有此色感鲜明的奇诗。他的弟子高滨虚子曾说，当初大家看了此诗都觉得非常震撼，从没想到牙粉（"歯磨粉"）这种不诗意的普通东西，也能入诗成句。

249 台湾春夏

地面升起的热气

似会飘毒……

☆台湾や陽炎毒を吹くさうな（1896）
taiwan ya / kagerō doku o / fuku sōna

译注："陽炎"或称阳气，春夏阳光照射地面升起的游动气体。正冈子规没去过台湾，但写过这么一首"想象"（亚）热带台湾的诗。

250 都赏樱花去了

只有我一人在家

——啊，地震

☆只一人花見の留守の地震かな（1896）
tada hitori / hanami no rusu no / jishin kana

译注：此诗写于1896年春。1896年2月子规左腰肿胀，剧烈疼痛，3月时诊断为脊椎骨疽，并进行手术。此疾使他此后行动不便，卧床日多。

251 啊，那只大风筝

连老鹰

也敬之远之

☆大凧に近よる鳶もなかりけり（1896）
ōtako ni / chikayoru tobi mo / nakarikeri

252 夜临——

我们家的猫"苎麻"

等着隔壁的猫"多麻"呢

☆内のチヨマが隣のタマを待つ夜かな（1896）
uchi no choma ga / tonari no tama o / matsu yo kana

译注：诗中的母猫与公猫，实有其名地存在于子规现实生活中。

253 白梅之白，啊

如此

强有力

☆白梅の白きを以て強きかな（1896）
shiraume no / shiroki o motte / tsuyoki kana

254 美人来我梦,

　　自言

　　梅花精

☆夢に美人来れり曰く梅の精と（1896）
yume ni bijin / koreri iwaku / ume no sei to

255 柳树旁

　　候船，牛啊

　　两三只

☆柳あり舟待つ牛の二三匹（1896）
yanagi ari / funematsu ushi no / nisanbiki

256 既落的，正

落的，未落的

樱花啊……

☆散つた桜散る桜散らぬ桜哉（1896）
chitta sakura / chiru sakura chiranu / sakura kana

译注：此首亦可与江户时代良宽名句"落樱，/残樱，/皆落樱……"（散る桜残る桜も散る桜）对照读之。

257 樱花灿开——

所思之人皆

已远去……

☆花咲いて思ひ出す人皆遠し（1896）
hana saite / omoidasu hito / mina tōshi

258 绝壁凹处

杜鹃花开——

一尊佛立在那里

☆つゝじ咲く絶壁の凹み仏立つ（1896）
tsutsuji saku / zeppeki no kubomi / hotoke tatsu

259 萩花，桔梗花

抚子花……

啊，都萌芽了

☆萩桔梗撫子なんど萌えにけり（1896）
hagi kikyō / nadeshiko nando / moenikeri

译注：日文"撫子"（なでしこ）即瞿麦，或红瞿麦。

260 跟十二层高的大楼相比,

夏天的富士山

只有五层高

☆十二層楼五層あたりに夏の不二 (1896)
jūnisōrō / gosō atari ni / natsu no fuji

261 五六月——

啊,正是我

卧读时节!

☆寝ころんで書読む頃や五六月 (1896)
nekoronde / fumi yomu koro ya / gorokugatsu

262 五月雨——

红蔷薇白蔷薇

全淋乱

☆赤き薔薇白き薔薇皆さみだるる（1896）
akaki bara / shiroki bara kai / samidaruru

译注：日文原句中的"さみだる"（samidaru）有两个意思，一为"五月雨る"（音samidaru，五月雨），一为"さ乱る"（音samidaru，混乱、散乱）。

263 夏日绿风

吹书案，

白纸尽飞散

☆夏嵐机上の白紙飛び尽す（1896）
natsuarashi / kijō no hakushi / tobitsukusu

译注：日语"夏嵐"（なつあらし），万绿间吹过的夏日之风。另有日语"绿风"（りょくふう）一词，指吹过绿叶的初夏之风。

264 午后雷阵雨——

啊，惊动了一整排

马屁股

☆夕立や並んでさわぐ馬の尻（1896）
yūdachi ya / narande sawagu / uma no shiri

265 青青稻田上

双彩虹

映空！

☆二筋に虹の立つたる青田哉（1896）
futasuji ni / niji no tattaru / aota kana

266 夏川——啊,

我的马不过桥

情愿桥下涉水行

☆夏川や橋あれど馬水を行く（1896）
natsukawa ya / hashi aredo uma / mizu o yuku

267 哈，六十岁的妇人

也被称作是

"插秧姑娘"

☆六十のそれも早乙女とこそ申せ（1896）
rokujū no / soremo saotome to / koso mōse

译注：此诗颇有趣。明治维新后进入"现代化"阶段的日本，农耕有机械相助，六十岁的妇女照样可活跃田间，依旧享有"插秧姑娘"（早乙女：さおとめ）的美名。

268　道后温泉

尽洗

十年汗！

☆十年の汗を道後の温泉に洗へ（1896）
jūnen no / ase o dōgo no / yu ni arae

译注：位于子规家乡松山的道后温泉，是日本三"古汤"（古老温泉）之一。

269　歌书、俳书

杂乱堆——昼寝

我最会！

☆歌書俳書紛然として昼寝哉（1896）
kasho haisho / funzen toshite / hirune kana

译注：日语"歌書俳書"，即短歌集、俳句集。

270 洗完澡后

檐下纳凉,让

风吹乳头

☆湯上りや乳房吹かるる端涼み (1896)
yuagari ya / chibusa fukaruru / hashisuzumi

271 栖息于

寺庙钟上——

闪烁的一只萤火虫

☆釣鐘にとまりて光る蛍かな (1896)
tsurigane ni / tomarite hikaru / hotaru kana

译注:师法,甚至模仿前辈大师,本身就是俳句传统的一部分。子规的前辈俳人与谢芜村(1716—1783)曾写有此类似之句——"栖息于/寺庙钟上——/熟睡的一只蝴蝶"(釣鐘にとまりて眠る胡蝶かな)。在有限的形式里做细微的变化,是俳句的艺术特质之一,与其说是抄袭、剽窃,不如说是一种向前人致敬的方式,亦类似于中国诗人的用典。

272 蝉鸣唧唧——

忽然间，被

一阵火车声压过

☆蝉の声しばらく汽車に押されけり （1896）
semi no koe / shibaraku kisha ni / osarekeri

273 红蔷薇上

一只淡绿色蜘蛛

爬动

☆赤薔薇や萌黄の蜘の這ふて居る （1896）
akabara ya / moegi no kumo no / hōteiru

274 夏日晚风

　　至——白蔷薇花

　　皆动……

☆夕風や白薔薇の花皆動く（1896）
yūkaze ya / shirobara no hana / mina ugoku

275 我庭

　　蔷薇与葵花

　　并放

☆我庭の薔薇も葵も咲きにけり（1896）
waga niwa no / bara mo aoi mo / sakinikeri

译注：此诗有前书"病中"，写于1896年夏。子规庵小庭园中，既有西洋的蔷薇，又有东洋古有的葵花，东西合璧，颇令病床生活中的诗人喜。

276 紫阳花——

雨中淡蓝

月下湛蓝

☆紫陽花の雨に浅黄に月に青し（1896）
ajisai no / ame ni asagi ni / tsuki ni aoshi

277 他没入

夏日繁茂树林中，

不见人迹

☆夏木立入りにし人の跡もなし（1896）
natsu kodachi / irinishi hito no / ato mo nashi

278 夕颜花——

啊，一口

京都音的女子……

☆夕顔に都なまりの女かな（1896）
yūgao ni / miyako namari no / onna kana

279 绿草繁茂——

棒球场垒间跑道

白光闪耀

☆草茂みベースボールの道白し（1896）
kusa shigemi / bēsubōru no / michi shiroshi

译注：正冈子规写了许多棒球俳句，他从学生时代就热衷棒球，常与朋友们在东京上野公园练习、对阵，可说是第一代的日本棒球选手。有许多棒球术语（譬如"打者""走者""直球""飞球"）都是他翻译的。死后百年（2002年），他进入日本野球殿堂（棒球名人堂）。上野公园中现有一座正冈子规纪念球场。

280 早晨的秋天

细云

流动如白沙

☆砂の如き雲流れ行く朝の秋（1896）
suna no gotoki / kumo nagareyuku / asa no aki

281 云疾疾

追云——

阴历九月初一

☆雲走り雲追ひ二百十日哉（1896）
kumo hashiri / kumo oi nihyaku / tōka kana

译注：日语"二百十日"，谓从立春起算第二百一十天，约在九月一日左右，常有台风，常被视为厄日。

282 朝寒——

　　小和尚轻快地.

　　念着经

　　☆朝寒や小僧ほがらかに經を讀む（1896）
　　asasamu ya / kozō hogarakani / kyō o yomu

283 寒气渐浓,

　　没有半只虫子

　　靠近灯……

　　☆やや寒み灯による虫もなかりけり（1896）
　　yaya samumi / hi ni yoru mushi mo / nakarikeri

284 大寺，

　　灯稀——

　　夜寒哉

☆大寺のともし少き夜寒哉（1896）
ōdera no / tomoshi sukunaki / yosamu kana

285 寒夜——

　　澡堂里

　　有人穿走了我的木屐

☆錢湯で下駄換へらるる夜寒かな（1896）
sentō de / geta kaeraruru / yosamu kana

286 秋深夜寒,

　　牧师一人

　　信徒四五人

☆牧師一人信者四五人の夜寒かな（1896）
bokushi hitori / shinja shigonin no / yosamu kana

287 长夜漫想

　　千年后

　　未来景……

☆長き夜や千年の後を考へる（1896）
nagaki yo ya / chitose no nochi o / kangaeru

288 曲艺场散场

上野钟声鸣荡

啊,夜未央……

☆寄席はねて上野の鐘の夜長哉(1896)
yose hanete / ueno no kane no / yonaga kana

译注:子规诗中的"寄席",指表演"落语"的曲艺场,子规和夏目漱石都喜欢看这种日本"单口相声"的表演。

289 啊,闪电!

脸盆最下面——

野地里的忘水

☆稲妻や盥の底の忘れ水(1896)
inazuma ya / tarai no soko no / wasuremizu

译注:日语"忘れ水"(わすれみず,或作"忘水"),指流动于野地树丛或岩石间,隐秘不为人知的水。

290 台风夜——

读信

心不定

☆野分の夜書讀む心定まらず（1896）
nowaki no yo / fumi yomu kokoro / sadamarazu

291 牛鸣声哞哞——

是哀牛郎织女星

终须一别吗？

☆もうもうと牛鳴く星の別れ哉（1896）
mō mō to / ushi naku hoshi no / wakare kana

292 月夜——

野雁沿铁路

低飞

☆汽車道に低く雁飛ぶ月夜哉（1896）
kishamichi ni / hikuku kari tobu / tsukiyo kana

293 虽然即将死去，

犹喧闹鸣唱更胜于前

——啊，秋蝉

☆死にかけて猶やかましき秋の蝉（1896）
shi ni kakete / nao yakamashiki / aki no semi

294　朴树果实四处散落……

邻家孩子最近却

不来找我了

☆榎の實散る此頃うとし隣の子（1896）
e no mi chiru / konogoro utoshi / tonari no ko

译注：此诗散发幽幽的、节制的寂寞感，颇令人悯。邻家孩子颇喜子规小庭园朴树果实，本来经常来访，但最近果实成熟掉落一地，小孩却不来了。也许小孩的母亲觉得子规是病人吧。

295　虽寒，

我们有酒和

温泉

☆寒けれど酒もあり温泉もある處（1896）
samukeredo / sake mo ari yu mo / aru tokoro

296 一枚红果实

掉落

霜白的庭园

☆赤き實の一つこぼれぬ霜の庭(1896)
akaki mi no / hitotsu koborenu / shimo no niwa

297 初冬阵雨降——

肚脐上

蒟蒻已冷

☆しぐるるや蒟蒻冷えて臍の上(1896)
shigururu ya / konnyaku hiete / heso no ue

译注：此诗与下一首（第298首）有前书"病中二句"，为子规于1896年冬所作。将蒟蒻煮热（替代热水袋）敷于患部，是一种民间疗法。此句谓阵雨降时，置于肚上暖身的蒟蒻已变冷了。

298 入夜初冬阵雨

降,虚子料已在

上野即将到……

☆小夜時雨上野を虚子の來つゝあらん (1896)
sayoshigure / ueno o kyoshi no / kitsutsu aran

译注:此诗虚实交加,甚为动人。寒夜雨降是"写生"实景,病中的子规盼高徒高滨虚子来访,心头焦切浮现虚子已走在离"子规庵"不远的上野,脚步声即将在门口响起之"虚"景。子规于虚子亦师亦友,子规请其任俳志《杜鹃》主编,两人间深厚情谊由此诗可见。

299 雪深几许?

我一问再问

一问再问……

☆いくたびも雪の深さを尋ねけり (1896)
ikutabi mo / yuki no fukasa o / tazunekeri

300 啊，拉开纸门

　　让我看一眼

　　上野山上的雪

☆障子明けよ上野の雪を一目見ん（1896）
shōji ake yo / ueno no yuki o / hitome min

301 薄雪静静

　　停于

　　鸳鸯彩羽上

☆鴛鴦の羽に薄雪つもる靜さよ（1896）
oshi no ha ni / usuyuki tsumoru / shizukasayo

302 南天

　　雪花吹，麻雀

　　吱喳鸣

　　☆南天に雪吹きつけて雀鳴く（1896）
　　nanten ni / yuki fukitsukete / suzume naku

303 雪屋里脑中

　　所能及的，唯——

　　我卧居于此

　　☆雪の家に寐て居ると思ふ許りにて（1896）
　　yuki no ie ni / neteiru to omou / bakari nite

304 从纸门

　　破孔,我看见

　　雪下了……

☆雪ふるよ障子の穴を見てあれば（1896）
yuki furu yo / shōji no ana o / mite areba

305 冬月悬天——

　　他们跑到屋顶上

　　看火灾,仿佛赏月

☆屋根の上に火事見る人や冬の月（1896）
yane no ue ni / kaji miru hito ya / fuyu no tsuki

306 被炉边听

老奶奶,啊

天花乱坠说故事

☆婆々さまの話上手なこたつ哉(1896)
babasama no / hanashi jōzu na / kotatsu kana

307 古庭院月色中

把热水袋水

倒空

☆古庭や月に湯婆の湯をこぼす(1896)
furuniwa ya / tsuki ni tampo no / yu o kobosu

308 恭贺新禧——

一月一日,日

升大地!

☆恭賀新禧一月一日日野昇(1897)
kyoga shinki / ichigatsu tsuitachi / hi no noboru

译注:此诗为正冈子规1897年所写的贺新年之作,全句皆用汉字。

309 遇见有人

抬棺——大年初一

夜半时分

☆新年の棺に逢ひぬ夜中頃(1897)
shinnen no / hitsugi ni ainu / yonakagoro

310 新春《杜鹃》出

　　初试啼声

　　与黄莺争鸣

☆新年や鶯鳴いてほとゝぎす（1897）
shinnen ya / uguisu naite / hototogisu

译注：1897年1月15日，正冈子规作为精神领袖的俳句杂志《杜鹃》（ほととぎす）在松山创刊、发行。厚三十页，印数300本。子规写此俳句贺创刊号出刊。

311 一年之计在正月

　　一生之计

　　在今朝

☆一年は正月に一生は今に在り（1897）
ichinen wa / shōgatsu ni isshō wa / imani ari

312 响声清澈——
啊，约有
十颗雪珠……

☆冴え返る音や霰の十粒程（1897）
saekaeru / oto ya arare no / totsubu hodo

313 悠哉游哉，
独行
独乐

☆長閑さの独り往き独り面白き（1897）
nodokasa no / hitori yuki hitori / omoshiroki

314 朦胧月色中

远远的,男女两人

之影……

☆朧月男女の影遠し(1897)
oborozuki / otoko onna no / kage tōshi

315 春之海——

大岛小岛

灯火漾……

☆島々に灯をともしけり春の海(1897)
shimajima ni / hi o tomoshikeri / haru no umi

译注:俳圣芭蕉1689年《奥之细道》途中经松岛时写有一俳句——"夏之海浪荡:/大岛小岛/碎成千万状"(島々や千々に砕きて夏の海),可与本诗对照。

316 啊茶花

坠落,一朵

两朵……

☆一つ落ちて二つ落たる椿哉（1897）
hitotsu ochite / futatsu ochitaru / tsubaki kana

317 夏夜短暂——

啊,我的余生

还有多长?

☆余命いくばくかある夜短し（1897）
yomei / ikubakuka aru / yo mijikashi

译注：此诗写于1897年6月,有前书"病中"。

318 午后雷阵雨

洒向

阳光闪耀处

☆夕立や日のさす方へふつて行く（1897）
yūdachi ya / hi no sasu hō e / futte yuku

译注：此诗所写殆为"日头雨"——一面出太阳，一面又下雨。

319 看护妇睡着了，

醒来连忙

打苍蝇……

☆看護婦やうたた寝さめて蝿を打つ（1897）
kangofu ya / utatane samete / hae o utsu

320　口念阿弥陀佛，

　　脚底

　　被蚊子咬……

　　☆念仏や蚊にさされたる足の裏（1897）
　　nenbutsu ya / ka ni sasaretaru / ashi no ura

321　我倦欲眠

　　轻声些

　　如果你打苍蝇

　　☆眠らんとす汝静に蠅を打て（1897）
　　nemuran tosu / nanji shizuka ni / hae o ute

　　译注：此诗是1897年正冈子规所写"病中即时"三句之一。陈黎1993年《小宇宙：现代俳句一百首》中的第2首——"我倦欲眠：／轻声些／如果你打电动"，似乎偷抄子规此作。

244

322 纸门开着——

　　病中我得以

　　一睹蔷薇

　　☆障子あけて病間あり薔薇を見る（1897）
　　shōji akete / yamai hima ari / bara o miru

323 牡丹花似乎以

　　杨贵妃刚睡醒之颜

　　自比

　　☆楊貴妃の寝起顔なる牡丹哉（1897）
　　yōkihi no / neokigao naru / botan kana

324 月一轮

星无数

满天绿……

☆月一輪星無数空緑なり（1897）
tsuki ichirin / hoshi musū sora/ midori nari

325 冬日荒凉——

我行过小村

狗吠不停

☆冬されの小村を行けば犬吠ゆる（1897）
fuyuzare no / komura o yukeba / inu hoyuru

326 冬笼：

无人来的根岸

深处

☆人も來ぬ根岸の奥よ冬籠（1897）
hito mo konu / negishi no oku yo / fuyugomori

译注：子规的住所"子规庵"，在东京根岸地区。

327 伤感啊，

烟火结束后，一颗

流星飞过

☆淋しさや花火のあとを星の飛ぶ（1897）
sabishisa ya / hanabi no ato o / hoshi no tobu

328　你可以告诉大家

　　我吃柿子

　　也爱俳句

☆柿喰の俳句好みしと傳ふべし（1897）
kakikui no / haiku konomishi to / tsutau beshi

译注：此诗有前书"我死后"，读之仿若墓志铭。

329　阅三千俳句：

　　啊，两颗

　　柿子

☆三千の俳句を閲し柿二つ（1897）
sanzen no / haiku o kemishi / kaki futatsu

译注：入"日本新闻社"工作的正冈子规，1893年2月在报刊《日本》上辟了一个俳句专栏。1894年2月，他担任新创刊的《小日本》主编，7月时《小日本》废刊，他又回报刊《日本》。1897年1月，松山俳句杂志《杜鹃》创刊，也由子规负责选稿。以此首俳句所见，一次要看三千首，审稿量甚大。他嗜吃柿子，幸有两颗柿子在旁，为其充电！

330 每日

不是吃葡萄——

而是喝药水

☆每日は葡萄も喰はず水薬（1897）
mainichi wa / budō mo kuwazu / mizugusuri

331 丝瓜——我想，

不过就是

丝瓜……

☆へちまとは絲瓜のようなものならん（1897）
hechima towa / hechima no yōna / mono naran

译注：此诗为子规31岁（1897年）之作。丝瓜在子规诗中是饶富意义的意象，他1902年9月所写的三首辞世诗（见本书第442至444首）皆以之为题材。此处这首丝瓜诗颇无厘头，读起来像禅宗的问答！丝瓜就是丝瓜，不是仙丹妙药———如人就是人，不是神，不是仙……

332　我家小庭园

花花草草

杂乱植……

☆ごてごてと草花植し小庭哉（1897）
gotegoteto / kusabana ueshi / koniwa kana

译注：此诗写于1897年秋天。一草一花一天地，对于"子规庵"小庭园，罹病卧床的正冈子规时有所感，每从所见的花草上感受到天地的活力。1898年春，他写有一首题为"病中"的三十一音节短歌——"我庭／小草萌／绿芽，无限／天地／今将苏"（我庭の小草萌えいでぬ限り無き天地今や甦るらし）——可以看到行动不便的诗人对世间万物的敏感与渴望依然未减。

333 时而发冷，

时而发痒，时而

想要友人到访……

☆寒からう痒からう人に逢ひたからう（1897）
samukarō / karukarō hito ni / aitakarō

译注：此诗有前书"寄因天然痘入院的碧梧桐"。河东碧梧桐——与高滨虚子一样——是子规的高徒兼好友。碧梧桐染天花（天然痘）之疾，子规乃写此句慰问。

334 北风呼呼——

叫着要

锅烧面呢

☆北風に鍋燒温飩呼びかけたり（1897）
kitakaze ni / nabeyaki udon / yobikake tari

335 在可插一两朵花的

法国小花瓶——

啊,冬蔷薇

☆フランスの一輪ざしや冬の薔薇(1897)
furansu no / ichirinzashi ya / fuyu no bara

336 吃完年糕汤

新年首次做的梦

我全部忘光光

☆雑煮くふてよき初夢を忘れけり(1898)
zōni kūte / yoki hatsuyume o / wasurekeri

译注:日本人过年时都煮年糕汤("雑煮")来吃。日人称新年第一个梦为"初梦"(はつゆめ),认为象征一整年运势。

337 一个幼儿

光着脚,把绿草地

踩得更绿

☆幼子や青きを踏みし足の裏(1898)
osanago ya / aoki o fumishi / ashi no ura

338 有蜜蜂标记的

葡萄酒——啊,

满满一整页广告

☆葡萄酒の蜂の広告や一頁(1898)
budōshu no / hachi no kōkoku ya / ichipēji

译注:"有蜜蜂标记的葡萄酒"为子规当初嗜喝的一款葡萄酒。

339　樱叶饼——

啊，我寻找初夏

残余的樱花……

☆水無月の余花を尋ねて桜餅（1898）
minazuki no / yoka o tazunete / sakuramochi

译注：日语"水無月"，即阴历六月，阳历7月，已入初夏。樱叶饼，用樱花的叶子卷起来的豆沙馅糕点。此诗可视为终身未娶的正冈子规的一首恋歌。1888年夏天，二十二岁的正冈子规从"第一高等中学校"预科毕业，寄宿于东京墨田区向岛长命寺境内樱饼屋"山本屋"二楼（子规名之为"月香楼"），嗜好甜食的子规据说怦然爱上了店主美貌的女儿阿陆（おろく）。有一说谓两人相谈甚欢，但9月本科开学后子规搬离月香楼入住本乡区"常盘会"寄宿舍，此段恋情遂告终。另有一说谓子规的爱意未得佳人回报，遂闭于二楼屋中勤写其以秋之七草为名，集汉文、汉诗、短歌、俳句、谣曲、地志、小说于一帙的《七草集》。此诗写于1898年夏天，或为三十二岁的子规对十年前那段逝水恋情的追忆。

340 五月梅雨,

在报社编辑部——

只身一人

☆一人居る編輯局や五月雨（1898）
hitori iru / henshūkyoku ya / satsukiame

341 因爱因恨？

把打死的苍蝇

送给蚂蚁……

☆愛憎は蠅打つて蟻に与へけり（1898）
aizō wa / hae utte ari ni / ataekeri

342 紫阳花——
雨后,神奇地
变红色

☆紫陽花や赤に化けたる雨上り（1898）
ajisai ya / aka ni baketaru / ameagari

343 葵花被半日的
暴风雨
毁得面貌全非

☆半日の嵐に折るる葵かな（1898）
hannichi no / arashi ni oruru / aoi kana

344　夏草——

打棒球的人

远在彼方……

☆夏草やベースボールの人遠し（1898）
natsukusa ya / bēsubōru no / hito tōshi

译注：子规1898年此句再一次呼应芭蕉1689年名句（"夏草：/战士们/梦之遗迹……"）——场域有异，但情境让人同悲。夏草茂盛，战士已死，而子规这位昔日充满斗志的野球少年，如今也因病困隐六尺床内，退离球场，只能远远地耳听，或想象，新登场的少年战士们的竞技。

345 台风过后,
今晨,啊蝉
变少了

☆野分して蝉の少きあした哉(1898)
nowaki shite / semi no sukunaki / ashita kana

346 芋已备妥
酒已备妥——啊
姗姗客来……

☆芋の用意酒の用意や人遅し(1898)
imo no yōi / sake no yōi ya / hito ososhi

347 月色朦胧夜——

心生

偷西瓜之想……

☆薄月夜西瓜を盗む心あり（1898）
usuzukiyo / suika o nusumu / kokoro ari

348 朝雨浸湿

朝颜花，朝颜花

染紫朝雨……

☆朝顔や紫しぼる朝の雨（1898）
asagao ya / murasaki shiboru / asa no ame

译注：日语"朝顔"即牵牛花。

349　此际，牵牛花

　　把颜色定为——

　　深蓝

☆この頃の蕣藍に定まりぬ（1898）
konogoro no / kibachisu ai ni / sadamarinu

350　芭蕉忌日话芭蕉——

　　那些奉承芭蕉者

　　多粗鄙无识

☆芭蕉忌や芭蕉に媚びる人いやし（1898）
bashōki ya / bashō ni kobiru / hito iyashi

译注："俳圣"松尾芭蕉于1694年去世，其忌日为阴历十月十二日。子规此句写于1898年，距芭蕉之逝已逾两百年。子规熟读芭蕉，但他看不惯芭蕉之后的俳人一味模仿、盲从芭蕉，而不知创新。在子规1893年动笔写的长文《芭蕉杂谈》中，他批评芭蕉诗作"玉石混淆"，说芭蕉所作千首俳句"过半恶句、驮句（拙句）"，仅五分之一（二百余首）属佳作，寥若晨星。做为近世勇猛的俳句"革新"者，子规此种态度与说法可以让人理解。

351　抱着一个

　　不冷不热的热水袋

　　自言自语

☆ひとり言ぬるき湯婆をかかえけり （1898）
hitorigoto / nuruki tampo o / kakaekeri

352　冬笼——

　　妻子已厌烦

　　杂烩粥……

☆雜炊のきらひな妻や冬籠 （1898）
zōsui no / kirai na tsuma ya / fuyugomori

译注：子规卧病在床，习于六尺之榻神游古今。他终身未娶，无妻，似乎也无恋人，但颇喜欢"妻子"一词，以"妻"入诗的俳句逾百首。此诗想象冬日积雪，困居在家（"冬笼"），不方便经常外出采买，"妻子"每天做、每天吃简单的、以蔬菜、味噌、酱油、米饭等一锅煮的"雜炊"（ぞうすい：杂烩粥、菜粥）已觉厌烦了。冬笼食单调，子规心疼"娇妻"——我们可以想见觉得厌烦的应该是喜爱美食的子规自己吧。

353　冬笼——小鸭

已习惯

待在洗脸盆里

☆冬籠盥になるる小鴨哉（1898）

fuyugomori / tarai ni naruru / kogamo kana

译注：冬笼——冬日积雪苦寒闭居屋内，不得外出——让"小"鸭真的成为已习惯以室内"小"脸盆为生活圈的"小"动物了。

354　新的年历——

五月啊，将是

我的死日

☆初暦五月の中に死ぬ日あり（1899）

hatsugoyomi / gogatsu no naka ni / shinu hi ari

译注：卧病在床的子规常常预感自己死期将至。五月是草木茂盛的季节，面对大地如此充沛的活力，有时反而让苟延残喘的病者觉得不配或无力与之竞争。

355 雪景画犹悬

春日壁

雪色染尘埃

☆雪の絵を春も掛けたる埃哉（1899）
yuki no e o / haru mo kaketaru / hokori kana

译注：此诗有前书"草庵"，为诗人对所住"子规庵"写生之句。被痼疾所困的子规，晚年殆无余力时时清扫陋室，尘埃如是深在焉。

356 春寒——

书桌底下热水袋

在焉！

☆春寒き机の下の湯婆哉（1899）
harusamuki / tsukue no shita no / tampo kana

357 春雨——

撑着伞在绘草纸屋

翻阅插图册子

☆春雨や傘さして見る絵草紙屋（1899）
harusame ya / kasa sashite miru / ezōshiya

译注："绘草纸屋"即贩卖"绘草纸"之店。绘草纸是始于江户时代，配有许多插画的通俗读物或新闻小册子，类似今日的杂志。

358 雨中

樱花落，远足者约

十人

☆遠足の十人ばかり花の雨（1899）
ensoku no / jūnin bakari / hana no ame

359 女儿节点灯——

啊,每个偶人

各有其影

☆灯ともせば雛に影あり一つづつ(1899)
hi tomoseba / hina ni kage ari / hitotsuzutsu

译注:日本"女儿节"在三月三日,亦称"偶人节"。

360 女学生们牵着手

同行

看樱花

☆女生徒の手を繋き行く花見哉(1899)
joseito no / te o tsunagiyuku / hanami kana

361 "古池——

青蛙跃进……"

啊,好一幅俳画!

☆古池に蛙とびこむ俳画哉(1899)
furuike ni / kawazu tobikomu / haiga kana

译注:俳画(はいが,音haiga),是一种富俳谐趣味的日本画,构图简单,画面上每题有一首俳句。正冈子规此诗颇妙,好像在为俳圣芭蕉那首著名蛙俳("古池——/青蛙跃进……")配图。

362 为把灯笼挂在

花枝上——

啊,花了多少工夫!

☆工夫して花にランプを吊しけり(1899)
kufū shite / hana ni rampu o / tsurushikeri

363 一匙

　　冰激凌——全身

　　活起来！

　　☆一匙のアイスクリムや蘇る（1899）
　　hitosaji no / aisukurimu ya / yomigaeru

364 杜鹃鸟鸣——

　　客厅壁龛里

　　牡丹幽暗

　　☆床の間の牡丹の闇や時鳥（1899）
　　tokonoma no / botan no yami ya / hototogisu

365 只谢落了

两片——牡丹

整个变形……

☆二片散つて牡丹の形変りけり (1899)
nihen chitte / botan no katachi / kawarikeri

366 牡丹画成——

画碟里

颜料残存

☆牡丹画いて絵具は皿に残りけり (1899)
botan egaite / enogu wa sara ni / nokorikeri

367　新酒让人爽醉，

　　　毛巾包住双颊

　　　大声骂马……

　　　☆馬叱る新酒の酔や頬冠（1899）
　　　uma shikaru / shinshu no yoi ya / hōkamuri

368　有了手杖——

　　　我可以起身

　　　赏萩花了

　　　☆杖によりて立ち上りけり萩の花（1899）
　　　tsue ni yorite / tachiagarikeri / hagi no hana

　　　译注：此诗有前书"买了第一支手杖"，卧病多时、不良于行的子规，终可依赖手杖这第三只脚，起身做些活动。

369 打开包东西的

方巾,滚出

好几颗柿子……

☆風呂敷をほどけば柿のころげけり (1899)
furoshiki o / hodokeba kaki no / korogekeri

370 寂寞的夜——

入住旅馆房间后

吃柿子

☆宿取りて淋しき宵や柿を喰ふ (1899)
yado torite / samishiki yoi ya / kaki o kū

371 沉疴若是——

我无法吞下

我爱吃的柿子!

☆我好の柿をくはれぬ病哉（1899）
waga suki no / kaki o kuwarenu / yamai kana

372 牡丹花下

吃苹果——我愿

如是死!

☆林檎くふて牡丹の前に死なん哉（1899）
ringo kūte / botan no mae ni / shinan kana

译注：日本十二世纪诗人西行法师（1118—1190）有著名辞世短歌——"愿在春日 / 花下 / 死，二月十五 / 月圆时"（願はくは花の下にて春死なむその如月の望月の頃），似可与子规去世三年前所写之此句对照。

373 区区一

农家，啊十株

鸡冠花

☆鶏頭の十本ばかり百姓家（1899）
keitō no / juppon bakari / hyakushōya

374 一只野猫

在大便——

冬日庭园

☆のら猫の糞して居るや冬の庭（1899）
noraneko no / kusoshiteiru ya / fuyu no niwa

375 冬阳

越玻璃门入我

病室

☆ガラス越に冬の日あたる病間哉（1899）
garasugoshi ni / fuyu no hi ataru / byōma kana

译注：此诗写于1899年12月，子规的门生兼友人高滨虚子请人在子规病室与其庭院之间装了玻璃的拉门。

376 树篱外

荒凉野地上，他们在

打棒球

☆生垣に外は枯野や球遊び（1899）
ikegaki ni / soto wa kareno ya / tama asobi

377 枯野——

石头三三

两两

☆二つ三つ石ころげたる枯野哉（1899）
futatsu mittsu / ishi korogetaru / kareno kana

378 缝缀白纸

成一册，作我新年度

俳句本！

☆新年の白紙綴ちたる句帖哉（1900）
shinnen no / hakushi tojitaru / kuchō kana

379 新年洗凝脂——

款款步出澡堂

啊，一美人

☆錢湯を出づる美人や松の内（1900）
sentō o / izuru bijin ya / matsunouchi

380 春雨——

推开后门进来，

啊，谁的伞？

☆春雨や裏戸明け来る傘は誰（1990）
harusame ya / urado akekuru / kasa wa dare

381 啊，肚子青青，

不知其名的

春天的小鸟！

☆名も知らぬ春の小鳥や腹青き（1900）
na mo shiranu / haru no kotori ya / hara aoki

382 病室悬

香袋——春之气息

淡淡在

☆病床の匂袋や浅き春（1900）
byōshō no / nioibukuro ya / asaki haru

383 春日将尽——
啊，金丝雀
逃走了……

☆カナリヤは逃げて春の日くれにけり （1900）
kanariya wa / nigete haru no hi / kurenikeri

384 蛙跳的方式颇
客观——蛙鸣的方式
非常主观！

☆客観の蛙飛んで主観の蛙鳴く （1900）
kyakkan no / kawazu tonde shukan no / kawazu naku

385 奈良七大寺——

远近都是

油菜花

☆菜の花やあちらこちらに七大寺（1900）
nanohana ya / achira kochira ni / shichidaiji

译注：七大寺，指日本奈良时代位在平城京（奈良）及其周边受朝廷保护的七大寺，包括兴福寺、东大寺、西大寺、药师寺、元兴寺、大安寺、法隆寺。

386 秧田——啊,

　　写诗的长条纸形

　　绘画的方形纸笺

☆苗代や短冊形と色紙形（1900）
nawashiro ya / tanzakugata to / shikishigata

译注：俳圣芭蕉1694年有一首俳句——"人间此世行旅：/ 如在一小块 / 田地来回耕耙"（世を旅に代掻く小田の行き戻り）。芭蕉一生大半时间浪迹在外，一面旅行，一面写诗，可说是以脚、以笔为锄头，大地稿纸上的耕作者。而子规在这首俳句里，也期许、欣喜自己能在矩形、方形的"短册""色纸"上作画作诗、笔耕，像农人在水田上插秧、耕作、收获。

387　我因和歌、俳句

　　瘦——啊，一个

　　夏日消瘦男

☆和歌に瘦せ俳句に瘦せぬ夏男（1900）
waka ni yase / haiku ni yasenu / natsuotoko

译注：此诗写于1900年夏。本年七月，子规脊椎骨疽恶化，仍坚忍于子规庵办俳句会、短歌会与《万叶集》轮讲会。8月13日，生平第三度大咯血。之后，急速衰弱。子规为短歌、俳句革新，费心耗神，人消瘦。

388 熏风吹亮

千山绿,千山绿

中独一寺

☆薫風や千山の緑寺一つ（1900）
kumpū ya / senzan no roku / tera hitotsu

389 夏月当空——

两万人

无家可归

☆家のなき人二万人夏の月（1900）
ie no naki / hito nimannin / natsu no tsuki

译注：1900年6月27日，富山高冈大火，六成多屋舍被烧毁，病床中的子规闻讯写了此诗。

390 用桶子淋浴——
陋巷里一长排陋屋中
有美人住焉

☆行水や美人住みける裏長屋（1900）
gyōzui ya / bijin sumikeru / uranagaya

391 画蔷薇——
画花容易
画叶难

☆薔薇を画く花は易く葉は難かりき（1900）
bara o kaku / hana wa yasashiku / ha wa katakariki

392 银屏闪映

　　漫烂银——盛极

　　将崩白牡丹

☆銀屏や崩れんとする白牡丹（1900）
ginbyō ya / kuzuren to suru / shirobotan

393 狗吠叫

　　鞋声响——

　　长夜漫漫

☆犬の聲靴の音長き夜なりけり（1900）
inu no koe / kutsu no ne nagaki / yo narikeri

394　红苹果

绿苹果

——在桌上

☆赤き林檎青き林檎や卓の上（1900）
akaki ringo / aoki ringo ya / taku no ue

395　鸡冠花——

应该约莫

十四五朵

☆鶏頭の十四五本もありぬべし（1900）
keitō no / jūshigohon mo / arinu beshi

译注：此诗有前书"面对庭院"，是倡扬"写生论"的子规名句，具有近世英美"意象主义"诗聚焦于一的简洁、鲜明感。

396 芭蕉忌日怀芭蕉：

古池，青蛙

跃进——水之音

☆芭蕉忌や古池や蛙飛びこむ水の音（1900）
bashōki ya / furuike ya / kawazu tobikomu / mizu no oto

译注：正冈子规此首二十二音节俳句非常有趣，直接把俳圣芭蕉1686年所写那首最有名的"蛙俳"拼贴进诗里——除了前面五音节（芭蕉忌や：bashōki ya），其余一字不漏地把芭蕉十七音节原作抄录进来。真是既复古又革新的"后现代"句作／巨作，历久弥新的"水之音"，俳谐之音！

397 十年苦学——

毛毯变

无毛……

☆十年の苦学毛の無き毛布哉（1900）
jūnen no / kugaku ke no naki / mōfu kana

译注：子规长期卧居病榻苦学、苦写，十年下来，陪伴他的毛毯也跟着切磋琢磨，有毛磨成无毛……

398 大年三十愚，

一夜跨年——

元旦，犹愚也！

☆大三十日愚なり元日猶愚也（1901）
ōmisoka / gu nari ganjitsu / nao gu nari

译注：此诗有前书"自题小照"，写于1901年元旦。此诗可与小林一茶1823年所写下面此"新春自省诗"做比较——"一年又春天——/啊，愚上/又加愚"（春立や愚の上に又愚にかへる）。

399 春深满是

蜜柑腐——我就爱

这一味！

☆春深く腐りし蜜柑好みけり（1901）
haru fukaku / kusarishi mikan / konomikeri

译注：春夏之交，天气渐热，日日见柑橘腐。此诗写于子规死前一年晚春，充满异色、异味之美，实另类"恶之华"。海畔有逐臭之夫——在近生涯之末的病缠多年的诗人，以病态的官能美，对抗病，对抗死。

400 樱叶饼与

草味年糕——平分了

春天的味觉

☆桜餅草餅春も半かな（1901）
sakuramochi / kusamochi haru mo / han kana

401 云雀派与

蛙派，在争论

唱歌的方法……

☆雲雀派と蛙派と歌の議論かな（1901）
hibariha to / kaeruha to uta no / giron kana

402 五月雨——

青蛙跑到

榻榻米上来

☆五月雨や畳に上る青蛙（1901）
samidare ya / tatami ni agaru / aogaeru

403 五月雨连绵——

看腻了同样的

上野山

☆五月雨や上野の山も見飽きたり（1901）
samidare ya / ueno no yama mo / miakitari

404 朝寒夜寒——

瘦骨

勤搓摩

☆瘦骨ヲサスル朝寒夜寒カナ（1901）
sōkotsu o / sasuru asasamu / yosamu kana

405 夜凉如水——

银河边,星

一颗

☆夜涼如水天ノ川邊ノ星一ツ（1901）
yaryō mizunogotoshi / amanogawa e no / hoshi hitotsu

406 初五月当空——

夜黑吾妹

归来何其迟呀

☆イモウトノ歸リ遲サヨ五日月（1901）
imōto no / kaeri oso sayo / itsukazuki

译注：卧病难动弹的子规，生命最后几年每须靠吃吗啡止痛方能提笔写作或画画，日常作息中对其妹正冈律依赖犹深。此诗写于1901年秋，正冈律外出办事迟迟未返，子规忐忑不安，既忧其安危，又盼她早早回自己身旁——她已然是子规的左右手、替身，子规每时每刻不能没有她。

407 夜寒——

与母亲二人等待

吾妹

☆母ト二人イモウトヲ待ツ夜寒カナ （1901）
haha to futari / imōto o matsu / yosamu kana

408 病床

呻吟声，秋蝉

唧唧和

☆病牀ノウメキニ和シテ秋の蝉 （1901）
byōshō no / umeki ni washite / aki no semi

409　法师蝉法师蝉法师蝉……

夏末初秋寒蝉

急急唧唧鸣

☆ツクヽヽボーシツクヽヽボーシバカリナリ
（1901）
tsukutsukubōshi / tsukutsukubōshi / bakari nari

译注：此诗为正冈子规死前一年之作，写于1901年9月11日。日文"ツクヽヽボーシ"（つくつくぼうし，音tsukutsukubōshi）即"法师蝉"，亦写为"つくつく法师"，是蝉的一种。体形中等、细长，羽翼透明，顶端有黑褐色斑纹。又名寒蝉。此诗生动描绘寒蝉死之前仍尽力、高声鸣唱的悲壮之景。仿佛法师般诵经的音响，既像是赞美诗，也像是安魂曲、自度曲。

410 　一只秋蚊

　　虚弱地飞近

　　咬我

☆秋の蚊のよろよろと來て人を刺す（1901）
aki no ka no / yoroyoroto kite / hito o sasu

411 　能吃柿子的日子

　　我想只剩

　　今年了

☆柿くふも今年ばかりと思ひけり（1901）
kaki kū mo / kotoshi bakari to / omoikeri

412　牙齿用力咬
　　熟柿——柿汁
　　弄脏我胡子

　　☆カブリツク熟柿ヤ髯ヲ汚シケリ（1901）
　　kaburitsuku / jukushi ya hige o / yogoshikeri

413　栗子饭——
　　啊，病人如我
　　依然食量超大

　　☆栗飯ヤ病人ナガラ大食ヒ（1901）
　　kurimeshi ya / byōnin nagara / ōkurai

414　病榻上,三色

棉线缝成的钱包

仿佛如锦秋色

☆病牀ノ財布モ秋ノ錦カナ（1901）
byōshō no / saifu mo aki no / nishiki kana

译注：子规病榻上有以一红黄绿三色棉线缝成的钱包,从屋顶垂悬而下。钱包里有虚子借给他的钱,想到可以用这些钱订购好吃的料理,与母亲和妹妹共享口福,子规就心满意足,觉得这可爱的钱包仿佛红叶斑斓的如锦秋色了。

415 青毛豆,啊

三寸外

直飞我口!

☆枝豆ヤ三寸飛ンデロニ入ル (1901)
edamame ya / sanzun tonde / kuchi ni iru

译注:与谢芜村1777年也有首"饮食田径赛"
的俳句——"仰迎凉粉 / 入我肚,恍似 / 银河
三千尺……"(心太逆しまに銀河三千尺)。

416 夜半有声——

夕颜果实落

让人惊

☆驚クヤ夕顔落チシ夜半ノ音 (1901)
odoroku ya / yūgao ochishi / yowa no oto

译注:夕颜,葫芦科蔓性一年生草本,夏季开
白花,秋季果实成为葫芦。

417 成佛、仙去——

啊,夕颜之颜

丝瓜的屁!

☆成佛ヤ夕顔ノ顔ヘチマノ屁(1901)
jōbutsu ya / yūgao no kao / hechima no he

译注:成佛、仙去,死亡、去世之谓。正冈子规的小庭园在1901年搭建了丝瓜棚种丝瓜,于开花或花谢结子前,取瓜藤中之汁液(称为"丝瓜水"或"丝瓜露")为药用。丝瓜水据说有清凉降火之效,可止咳化痰。子规此句玩文字拆解游戏,读来有点像无厘头的禅宗公案问答——"夕颜之颜 / 丝瓜的屁!"(yūgao no kao / hechima no he)——日文丝瓜音"へちま"(hechima),而"へ"(he)与日文"屁"(he)同音。此诗旨意大约是——死亡在即,药也没"屁用",一如夕颜之颜,丝瓜的屁!此首"丝瓜诗"可与本书第442、443、444等三首诗合看。

418 夕颜与

丝瓜：残暑

共新凉

☆夕顔ト絲瓜残暑ト新涼と（1901）
yūgao to / hechima zansho to / shinryō to

译注：写于1901年9月、收录于子规《仰卧漫录》的这首诗颇妙，将一个晚夏"季语"（夕颜）与三个初秋"季语"（絲瓜、残暑、新凉）共八个汉字，并置于一首俳句中，并且除了这八个汉字，只有相当于中文"和"的三个日文假名"ト / と"（音to）。夕颜，夏季开白花，秋季结果实（"夕顔の実"是秋之季语）。残暑，亦称秋老虎或秋热，指入秋后犹存的暑热。新凉，指初秋之凉。我们不知道夏秋之交的子规病室外棚架上，丝瓜之外，此际是开着白色的夕颜花，或者垂着浅绿色的果实？或者——"并置"：夕颜与丝瓜，残暑与新凉，剩余的"热（烈）"与出发中的"熟（烂）"。

419 有鸡冠花

有丝瓜——寒舍

怎会贫寒？

☆鶏頭ヤ絲瓜ヤ庵ハ貧ナラズ（1901）
keitō ya / hechima ya an wa / hin narazu

420 玄妙《碧岩集》

依然未能解——啊，

我满肚子年糕汤……

☆解しかぬる碧巖集や雜煮腹（1902）
kai shikanuru / hekiganshū ya / zōnibara

译注：《碧岩集》，又称《碧岩录》或《佛果圆悟禅师碧岩录》，佛教禅宗语录，由南宋圆悟克勤禅师（1063—1135）编成，共十卷，收集了著名禅宗公案，并加上圆悟禅师的评唱。"雜煮腹"（ぞうにばら，音zōnibara），谓肚子里吃了过多"雜煮"（ぞうに：年糕汤），脑筋似乎变钝了……

421 啊,终日作诗

作画,作

惜爱春光人!

☆春惜む一日画をかき詩を作る (1902)
haruoshimu / hitohi e o kaki / shi o tsukuru

422 剃掉胡须吧!

今日上野钟声

被雾遮掩了……

☆鬚剃ルヤ上野ノ鐘ノ霞ム日ニ (1902)
hige soru ya / ueno no kane no / kasumu hi ni

423 春夜打盹——
浅梦
牡丹亭

☆うたた寝に春の夜浅し牡丹亭（1902）
utatane ni / haru no yo asashi / botantei

译注：《牡丹亭》，原名《还魂记》，明代剧作家汤显祖代表作，写成于1598年，描写大家闺秀杜丽娘梦中邂逅一书生，醒后因思念梦中情郎郁郁而死，后还魂与书生柳梦梅相遇、结缡。为明代"四大传奇"之一。

424 母亲外出

赏樱：我留守在家

不时看钟

☆たらちねの花見の留守や時計見る（1902）
tarachine no / hanami no rusu ya / tokei miru

译注：此诗大约写于1902年4月，子规死前五个月。卧病的子规平日多由妹妹律与母亲八重照料。子规弟子河东碧梧桐趁樱花仍未谢，带八重（与律）外出赏花散心，子规在家忐忑牵挂，频频看钟。

425 红梅——

寂寞地散落

我枕边

☆紅梅の散りぬ淋しき枕元（1902）
kōbai no / chirinu samishiki / makuramoto

426 一颗棒球

滚过

蒲公英花丛……

☆蒲公英ヤボールコロゲテ通リケリ（1902）
tampopo ya / bōru korogete / tōrikeri

427 忽闻剪刀

剪蔷薇，梅雨季里

天遇晴！

☆薔薇を剪る鋏刀の音や五月晴（1902）
bara o kiru / hasami no oto ya / satsukibare

428 一个旅人行过

夏日原野,身背

天狗的面具

☆夏野行ク人や天狗ノ面ヲ負フ（1902）
natsuno yuku / hito ya tengu no / men o ou

429 啊,已然是

牡丹瓶花下

一抔土

☆土一塊牡丹いけたる其下に（1902）
tsuchi ikkai / botan iketaru / sonoshita ni

译注：此诗写于1902年5月。子规门生香取秀真（1874—1954）为子规塑了一石膏像,置于子规家中牡丹花瓶旁。为病所苦、自认死期已近的子规在石膏像背面题了此诗。石膏像用土塑成,卧病难动、虽生犹死的子规,觉得自己早已是"土一块",一抔土了。

430　啊，它们

五百年长青，没有

沦为柱子

☆柱ニモナラデ茂リヌ五百年（1902）
hashira nimo / narade shigerinu / gohyakunen

译注：此诗歌颂松、柏等树之数百年长青且未受伐。写此诗时正好是子规生命最后一年。

431　比起南瓜，

茄子写生

尤难……

☆南瓜より茄子むつかしき写生哉（1902）
kabocha yori / nasu mutsukashiki / shasei kana

译注：写生（しゃせい），谓速写、素描，描绘所见实物、实景。子规亦擅写生画。在生命最后一年（1902），以水彩绘有十八幅果菜图，名《果物帖》，以及十七幅花草图，名《草花帖》。

432 入秋了,
日课
是画草花

☆草花を畫く日課や秋に入る (1902)
kusabana o / egaku nikka ya / aki ni iru

433 我觉得有一滴露水
滴在病床上的
我身上……

☆病床の我に露ちる思ひあり (1902)
byōshō no / ware ni tsuyu chiru / omoi ari

434 恋秋茄子般——

啊，卧病之人

垂暮之恋……

☆病む人が老いての戀や秋茄子（1902）
yamu hito ga / oite no koi ya / akinasubi

译注：此诗有前书"对于意外之恋的失望"。1902年8月22日，子规临终前一个月，门人铃木芒生、伊藤牛步到子规庵探望子规，带来同为门人的皆川丁堂和尚收藏的渡边南岳（1767—1813）所绘《四季草花画卷》。子规看了甚为动心，希望和尚能将此绘卷转让给他，但未能如愿。芒生、牛步见子规如此坚爱此绘卷，当日将其暂留子规处。子规后来在随笔《病床六尺》里写了一篇关于此事的恋爱故事。子规说他爱的姑娘名为"南岳草花画卷"（"孃さんの名は南岳艸花画卷"）。美好的美术品如美人。子规对之恋恋、念念不忘，一如他对入秋后味道绝佳的秋茄子的深切渴望。

435　伸长脖子，偶尔

得见——庭中

萩花

☆首あげて折々見るや庭の萩（1902）
kubi agete / oriori miru ya / niwa no hagi

译注：此诗写于1902年秋，有前书"卧病十年"。

436　桃太郎从桃子

生出来——

金太郎呢？

☆桃太郎は桃金太郎は何からぞ（1902）
momotarō wa / momo kintarō wa / nani kara zo

译注：此诗是正冈子规生命最后一年充满童趣的自问自答，智利诗人聂鲁达（1904—1973）晚年小诗集《疑问集》（*El libro de las preguntas*）似的妙句。桃太郎，金太郎，都是日本民间传说中的传奇人物。关于金太郎，可参阅本书第44首。

437　圆肥如桃子，

可爱

目、口、鼻

☆桃の如く肥えて可愛や目口鼻（1902）
momo no shiku / koete kawai ya / me kuchi hana

译注：此诗有前书"千里女子写真"。千里，地名，在今福岛县。写真即照片、照相之意。

438　一种临界黑的

深紫色——

这些葡萄

☆黒キマデニ紫深キ葡萄カナ（1902）
kuroki madeni / murasaki fukaki / budō kana

译注：此诗与前诗（第437首），仿佛两幅形、色毕现的写生小品画。

439 时入小寒——

吃过药后

有蜜柑可吃!

☆藥のむあとの蜜柑や寒の内（1902）
kusuri nomu / ato no mikan ya / kannouchi

译注：日文原诗中的"寒の内"（かんのうち），又称"寒中"（かんちゅう），指从"小寒"开始至"大寒"结束之间约三十日，乃严寒之日。蜜柑，亦称柑橘。

440 阴历十月小阳春——

裹着毛毯

买毛毯

☆毛布著て毛布買ひ居る小春かな（1902）
mōfu kite / mōfu kaiiru / koharu kana

译注：日语"小春"，即阴历十月小阳春。此诗为子规去世前不久之作。初冬日暖仿若小阳春，但体衰至极的子规，身心却冷感难却。

441 山茶花树篱

　　——篱内

　　也是山茶花

☆山茶花の垣の内にも山茶花や（1902）
sazanka no / kaki no uchi ni mo / sazanka ya

442 丝瓜花已开，

　　痰塞肺中

　　我成佛去矣

☆絲瓜咲て痰のつまりし佛かな（1902）
hechima saite / tan no tsumarishi / hotoke kana

译注：成佛即死去之谓。此处所译第442、443、444等三首俳句，为子规于1902年9月18日午前十一时许亲笔所写的辞世诗，由其妹律与弟子河东碧梧桐在旁搀扶、帮助写成。开花前的丝瓜，其藤中汁液可取为具止咳化痰之效的"丝瓜水"。今花已开，岂非无药可救，命将绝也？

443　痰一斗——

丝瓜水

也难清

☆痰一斗絲瓜の水も間にあはず（1902）
tan itto / hechima no mizu mo / maniawazu

444　前日圆月

丝瓜水

亦未取

☆をととひのへちまの水も取らざりき（1902）
ototoi no / hechima no mizu mo / torazariki

译注：据说在月圆之夜所取的"丝瓜水"最具疗效，但两日之前（公元1902年9月16日，恰为阴历八月十五日），子规家人并未取之。是病入膏肓，药石／药水已无效？或者子规自己已超越生死？1902年9月18日上午写完此绝笔俳句后，子规即陷于昏睡中，终于19日午前一时左右逝世，享年三十四——生命最后七年都以床铺为书斋的子规，一生实际活了三十四年又十一个月。子规的忌日（9月19日）后来被称为"丝瓜忌"。

445 热毙了!

但我只能继续

求生

☆生きてをらんならんといふもあつい事
(年代不明)
ikite oran / naran toiu mo / atsuikoto

译注：此诗写作年代不明，为子规未结集的残句。他1897年另有一写暑热难耐之句，或可与此句对照阅读——"热毙了！／我觉得我会／热死……"（この熱さある時死ねと思ひけり）。

图书在版编目（CIP）数据

我去你留两秋天：正冈子规俳句400 /（日）正冈子规著；陈黎，张芬龄译 . — 北京：北京联合出版公司，2021.1
　ISBN 978-7-5596-4720-7

Ⅰ. ①我… Ⅱ. ①正… ②陈… ③张… Ⅲ. ①俳句—诗集—日本—近代 Ⅳ. ① I313.24

中国版本图书馆 CIP 数据核字（2020）第 222691 号

我去你留两秋天：正冈子规俳句400

作　　者：[日]正冈子规
译　　者：陈黎　张芬龄
出 品 人：赵红仕
责任编辑：牛炜征
策 划 人：方雨辰
特约编辑：蔡加荣
装帧设计：尚燕平

北京联合出版公司出版
（北京市西城区德外大街83号楼9层　100088）
北京联合天畅文化传播公司发行
山东临沂新华印刷物流集团有限责任公司印刷　新华书店经销
字数150千字　880毫米×1230毫米　1/32　10印张
2021年1月第1版　2021年1月第1次印刷
ISBN 978-7-5596-4720-7
定价：58.00元

版权所有，侵权必究
未经许可，不得以任何方式复制或抄袭本书部分或全部内容
本书若有质量问题，请与本公司图书销售中心联系调换。电话：（010）64258472-800